Henning Boetius · Tod in Weimar

Er sitzt im Lehnsessel seines kleinen Schlafraumes, den Schirm aus grünem Pergamentpapier auf der Stirn, der seinen schwachen Augen Schutz bieten soll, ein aufgeschlagenes Buch in der Hand. Den Wert solcher Requisiten hat er beim Theater gelernt. Jeder Störenfried seiner Ruhe soll denken, daß er durch sein Eindringen einen Magier des Denkens bei einer Kulthandlung unterbricht.

Henning Boetius

TOD IN WEIMAR

Eine Novelle
mit 16 Lithogaphien von Johannes Grützke

MERLIN

I. Das gelbe Zimmer

Er sitzt im Lehnsessel seines kleinen Schlafraumes, den Schirm aus grünem Pergamentpapier auf der Stirn, der seinen schwachen Augen Schutz bieten soll, ein aufgeschlagenes Buch in der Hand. Den Wert solcher Requisiten hat er beim Theater gelernt. Jeder Störenfried seiner Ruhe soll denken, daß er durch sein Eindringen einen Magier des Denkens bei einer Kulthandlung unterbricht. Seine Augendeckel sind schwer. Immer wieder sinken sie herab und verhängen seinen Blick. Als es klopft, hebt er das Buch und ruft mit fester Stimme „Ja“.
Die Tür öffnet sich lautlos und ein Kopf erscheint. Er schwebt wie ein kleiner Ballon mit aufgemaltem Gesicht über der Schwelle. Diener Friedrich meldet im gehörig vertraut devoten Tonfall einen Besucher.
„Wer?“
„Ein junger Herr. Siegmund von Arnim.“
Der alte Mann legt das Buch beiseite und nimmt die Karte entgegen. „Von Arnim“, flüstert er kaum hörbar. „Gibt diese Person denn gar keine Ruhe?“

Sein Blick fällt auf die Visitenkarte und bleibt hängen am Wörtchen ‚von'. Zweifellos ist es echt, im Gegensatz zu dem ‚von', welches er in seinem Namen trägt. Die von Arnims sind alter märkischer Adel. Er hingegen trägt sein ‚von' wie eine schwere goldene Kette, die ihm ehrenhalber um seinen plebejischen Nacken gehängt worden ist. Sie schmeichelt ihm und zieht zugleich sein Haupt durch ihr Gewicht herab.
Noch während er zögert, fällt sein Blick durchs Fenster in den Garten. Ein paar Flocken in ihren weißen Hexenkleidern tanzen dort in der Luft. Die braunen, faserigen Weinstöcke scheinen das Fenster, ja das Haus zu umklammern wie die Beine einer riesenhaften Spinne. Wie er diese Jahreszeit haßt!
„Warum eigentlich nicht?" denkt er. „Ansehen sollte ich mir diesen Knaben."
Unter morphologischen Gesichtspunkten mochte ein dem Schoße Bettines entsprungenes männliches Wesen durchaus interessant sein. Hatte im Sohn der Typus gesiegt oder die Kraft der Veränderung? Eine Überprüfung der Typenlehre im Kampf mit der neumodischen Deszendenztheorie. Beharrung oder Umbildung. Es war nicht sicher, welchem Gestaltungsprinzip die Natur lieber folgte. Würde diesem Arnimsproß anzu-

sehen sein, aus welchem Schoß er kam? An den Augen vielleicht? Waren es Koboldaugen? Sprühten sie schwarze Funken wie die Bettines?

„Schick Er ihn ins Büstenzimmer", sagt er. Warum, weiß er selber nicht. Gewöhnlich unterzieht er Besucher im Junozimmer einer ausgeklügelten Prozedur des Wartens. Seit mehreren Jahren steht dort ein riesiger Gipsabguß des Kopfes der Juno vor dem mediterranen Blau, in dem die Wände gehalten sind. Seitlich vom Licht gestreift, die Züge durch den natürlichen Schatten betont, verfehlt der Anblick dieser Kolossalbüste schon nach wenigen Minuten seine Wirkung auf den Betrachter nicht. Das mächtige Haupt der Göttin dämpft das Lebensgefühl des Besuchers durch seine vollkommene Schönheit und Symmetrie. Die blickleeren großen Mandeln der Augen scheinen auf den Grund seiner Seele zu sehen, und der edle, wohlgeformte Mund über dem männlichen Kinn verkündet durch seine steinerne Stummheit hindurch die unerbittliche Erkenntnis, daß die meisten Menschen zu wenig mehr fähig sind als zu belanglosem Geschwätz. Tritt der Hausherr dann nach einer Weile von wohldurchdachter Länge in diesen Salon, ist der Besucher bereits gefügig und leicht zu handhaben wie ein gut gekneteter Teig.

Er erhebt sich und vertauscht den gelben Schlafrock mit seinem Hausmantel. Er selbst liebt das Büstenzimmer, in dem er zuweilen Wellen rauschen zu hören glaubt, wenn er das Ohr an die meerblaufarbene Wand hält. Hier hängen und stehen seine liebsten Werke, das Bruchstück einer Minervamaske über der Tür, Göttin der Weisheit und des Verstandes, Schutzpatronin der Dichter und Bildhauer, die anmutig-scheue Nymphe Kassandra, schönste der Töchter des Priamus, deren tragisches Schicksal ihn tief berührt, Achill, der ehrenwert-heldenmäßige Kriegsgott, Zeus, Mnemosyne, Terpsichore, Apollon, Leda mit dem Schwan, Abguß eines Basreliefs aus dem Britischen Museum in London, das dort wegen seiner Anstößigkeit hinter Schloß und Riegel gehalten wird. Nur in diesem Raum hat er das Gefühl, nicht einsam zu sein, vielmehr unter Freunden und Freundinnen am inneren Strand eines überirdischen Meeres zu wandeln. Vor allem aber delektiert er sich gerne in verstohlenen Sekunden am Anblick der Gipsfigur in der Mitte des Raumes. Das Geschenk des bayerischen Königs zu seinem achtzigsten Geburtstag. Torso des Ilioneus, des Sohnes der Niobe. Kopf und beide Arme fehlen. Auch das Zeugungsglied ist abgeschlagen; wahrscheinlich

der Kastrationsversuch eines religiösen Fanatikers. Ihm fällt es so leichter, sich den Penis selber auszudenken. Am besten gefallen ihm aber die beiden halbkugeligen Arschbacken des Jünglings, in die die Ferse des linken Fußes leicht hineindrückt. Sie gleichen der aufgeschnittenen und aufgeklappten Erdkugel und geben so das Geheimnis ihres Innersten preis: archaische Paarungslust aus der Frühzeit der Menschheit.
Zeit verstreicht. Nicht irgendeine Zeit, sondern die eines präparierten Wartens. Tote Zeit, aufgespießt wie ein Käfer. Auch er wartet. Auch sein Lebensgefühl nimmt daran Schaden. Das Gefühl, im Strom der Quarzkörner dem Ende entgegenzurieseln.
Er dreht das Stundenglas und wartet, bis zehn Minuten vergangen sind. Dann geht er mit schwerem Schritt durch das Treppenhaus, das Urbinozimmer, das Junozimmer, nicht ohne dem Riesenhaupt der Göttin einen ängstlichen Blick zu schenken.
Schließlich betritt er das gelbe Zimmer. Hier hat er der Farbe ihre schönste Funktion gegeben: Leben zu vermitteln. Die Heiterkeit der Sonne, Sinnengenuß, Wärme, Sommerlicht. Es ist das Speisezimmer. Er hat es ausprobiert: was hier auf dem Teller ist, hält sich länger warm,

Am besten gefallen ihm aber die beiden halbkugeligen Arschbacken des Jünglings, in die die Ferse des linken Fußes leicht hineindrückt. Sie gleichen der aufgeschnittenen und aufgeklappten Erdkugel und geben so das Geheimnis ihres Innersten preis: archaische Paarungslust aus der Frühzeit der Menschheit.

schmeckt intensiver, und auch der Wein gewinnt an Süße und Reife.
Im Türrahmen zum Büstenzimmer bleibt er stehen. Direkt hinter Ilioneus steht ein junger Mann so, daß sein Kopf und seine Arme den Torso zu vervollständigen scheinen. Ein gedankenleerer Blick aus dunklen Augen, schweifend, nirgendwo sich niederlassend, die Leuchtkraft in ihnen gefangen wie ein Licht hinter dem verrußten Glas einer Laterne.
Er geht auf den Ankömmling zu, die linke Hand im Revers des Hausmantels verborgen, wie es einst Napoleon vormachte, eine Gebärde, die das Gegenüber zu verunsichern vermag, weiß es doch nicht, ob die Linke nicht einen Dolch verbirgt. Die rechte Hand in Höhe der Hüfte ein wenig vorgestreckt, so, als sei sie nur halb entschlossen, zu ergreifen und sich ergreifen zu lassen. Auch der andere nähert sich. Licht fällt aus dem Fenster seitlich auf ihn. Die Silhouette des Jünglings bekommt dadurch Leben, Plastizität. In dem Moment da der Alte begreift, welch kleines Meisterwerk männlicher Schönheit vor ihm steht, berühren sich ihre Hände. Er spürt einen leichten Schlag. Als seien sie beide Konduktoren, zwischen denen eine Elektrisiermaschine die Spannung aufgebaut hat. Er Minus, der an-

dere Plus. Ein Funke, eine knisternde Entladung ist die Folge.
Dabei ist er sich als Mann der Wissenschaft keineswegs sicher, ob jene Unterscheidung in Plus und Minus der Natur nicht Gewalt antut. Leute wie Volta und Lichtenberg haben diesen groben Dualismus behauptet. Er neigt eher der Ansicht zu, daß sich alles in der Natur mische. Könnte nicht Plus und Minus auf beiden Konduktorenkugeln sein und dennoch ein Funke entstehen? Spannung zwischen Plus und Plus? Minus und Minus? Die Psychologie zumindest kennt solche Phänomene zwischen ähnlich gearteten Personen. Höchstens für die Spannung zwischen Mann und Frau könnte man die grobe Unterscheidung in Plus und Minus treffen. Deshalb ist sie auch so häufig mit unangenehmen Erfahrungen verbunden, während die Liebe zwischen Männern gleichpolig ist und dennoch über ein gewaltiges Spannungspotential verfügen kann.
Als sich ihre Hände ergreifen zum halbherzigen Händedruck, spürt er, wie der Strom fließt, wie er über den Arm in die Schulter fährt und sich von dort hinab verästelnd über den ganzen Leib verteilt.
In der anderen Hand, die der Gast nun vorstreckt, befindet sich ein weißes Papier, gerollt,

beschrieben, ein Brief, den er jetzt dem Hausherrn übergibt. Goethe überfliegt das Dokument. Es ist ein Brief, geschrieben am achten März dieses Jahres. Er kennt sie, diese eckige, hastige Schrift, diese spitze Feder, die ins Papier eindringt wie der Stachel einer Biene. Und wie immer sind der Briefschreiberin Wendungen gelungen, die sich mit nachtwandlerischer Sicherheit an der Grenze zur Obszönität bewegen. Von ‚Ergießungen eines von den ersten Strahlen der Maisonne eröffneten Herzens' ist die Rede. „Wahrlich, heute wie damals sauge ich noch aus dir alle Energie des Lebens." Ja, er spürt es förmlich, dieses unangenehme Gefühl, von einem Vampir angefallen zu werden, dessen Mund einer Scham gleicht mit spitzen Zähnen. Seine Hand, die den Brief hält, zittert, während er ihn noch einmal liest: „Wenn du wüßtest, wie sehr weh du mir tust; in mein Leben kann ich hereinsehen wie ins klare Wellenspiel, aber in die Arme, die mich einzig mit Liebe umfaßt haben, darf ich mich nicht denken; die Wahrheit, die einzige, die den Wert ihrer Verwirklichung in sich trägt, ist aufgehoben von dir selbst, der doch Atem ihrem Leben eingehaucht. Vergesse, vergesse und umfasse mich neu in diesem Kinde, was dir die gewagten Zeilen mit unbefangenem

Vertrauen darbietet; es will Deutschland nicht verlassen, ohne von deinem Anblick gesegnet zu sein. Bettine."

Er blickt auf und sieht den Menschen ängstlich an, von dem er soeben gelesen hat, daß er ihn umfassen solle. Und er tut es mit den Augen, umfaßt ihn mit seinem Blick, liebkost ihn und wendet sich sogleich erschrocken ab. Was soll diese Maskerade? Hat sie ihren Sohn geschickt, um ihn zu verführen, so wie sie es schon einmal selber fertigbrachte? Er erinnert sich noch gut jener Szene. Bettine, die ihm nach Teplitz nachgereist war. Er am Anfang seines sechzigsten Lebensjahres, eine bedeutsame Schwelle, die zum Greisentum. Bettine fünfundzwanzig, auch dies für eine Frau ein markantes Datum. Die Schwelle zur alten Jungfer. Bettine hat sich nach langem Zögern mit Arnim verlobt, die Heirat steht kurz bevor. Nun er allein im Zimmer des Gasthauses, die Tür springt auf, Bettine fliegt herein, ihm auf den Schoß, ihre Hände, wie zwei plumpe Tiere kriechen sie überall hin, ihre Brüste entblößt, ihr Mund offen, stöhnend, ich will ein Kind von dir, ein Kind, von einem Gott gezeugt, ein Genie, das unsere Liebe vereint. Er läßt alles geschehen, bocksfüßiger Satyr, ithyphallisch, mit aufgerichtetem Schwanz, rot, Phallus

Im Türrahmen zum Büstenzimmer bleibt er stehen. Direkt hinter Ilioneus steht ein junger Mann so, daß sein Kopf und seine Arme den Torso zu vervollständigen scheinen.

auf Hahnenfüßen, sie Nymphchen, Ipsitilla, rasende Bacchantin, schlüpfrige Mänade, auf dem Hahn reitend, die Zügel um die Eichel gelegt, die Peitsche schwingend, die Brüste ein wogendes Meer, die Vulva eine pulsierende Höhle, die den ganzen Erdkreis umgibt, bis er sich in eine obszöne Gemme verwandelt, in deren Zentrum er selbst, zum Abraxasstein erstarrt, hahnenköpfig, schlangenfüßig thront, ein Idol der Wollust und Selbstaufgabe. Nein, so ist er nie vorher und nie später überrumpelt worden.

Er blickt auf, seine Augen sind trübe, sein Mund trocken. Er schluckt und murmelt: „Dieser sibirische Wind hat es in sich. Wehe, er dringt uns zu sehr in die Knochen. Um ihn zu ertragen, müßte man fürwahr ein sibirisches Mammut sein. Tief im Boden eingefroren überlebt es bis heute in seiner archaischen Gestalt. Wissen Sie, daß die Eingeborenen glauben, es führe auch heute noch das Leben eines gigantischen Maulwurfs?"
Der Gast weiß es nicht. Er versucht jedoch, ein interessiertes Gesicht zu machen. „Die Knochen spielen eine große Rolle in Ihrem Werk", läßt er verlauten. Ein Satz, der an Ungeschick kaum zu überbieten ist und der es Goethe ermöglicht, sein inneres Gleichgewicht wiederzufinden. „Ja.

So ist es", sagt er mit Gönnerstimme, „die Osteologie. Es ist die einzige Theologie, an die ich glaube."
Er ärgert sich ein wenig, denn er hat soeben ein Wortspiel gemacht, etwas, das seinem ganzen Wesen widerspricht. Man spielt nicht ungestraft mit Worten, davon ist er überzeugt.
Der andere schweigt. Ein Schweigen, das ohne Geheimnis zu sein scheint, wie eine verlassene Fuchshöhle wirkt es auf den alten Mann.
„Wie lange wollen Sie in Weimar bleiben?"
„Ich werde einige Tage in Weimar sein. Dürfte ich mir das Recht herausnehmen, noch einmal vorbeizuschauen?"
Wie er das sagt! Ein wenig frech, ein wenig unterwürfig. Der Alte lächelt nun ganz wie ein gutgelaunter Zeus, der dem Apoll in einer Mischung aus väterlicher Zuneigung und kühler Distanz begegnet, einfach weil er diesen seinen Sohn nicht mit Hera, seiner Ehefrau, sondern mit Leto, seiner Geliebten gezeugt hat. Ein Kind der Lust also und nicht der Pflicht. „Sie dürfen. Allerdings nur, wenn Sie mir ohne Umschweife den Grund Ihres Besuches in unserer Stadt gestehen!"
Der andere errötet, man könnte auch sagen, Aurora, die Göttin der morgendlichen Scham,

schminkt seine Wangen mit dem Liebreiz der Verlegenheit.
„Ich befinde mich auf meiner Bildungsreise. Von Paris nach Rom. Man muß die Welt ein wenig kennen, ehe man sich in ein Amt begibt."
„Gut, gut", fällt der Alte ihm ins Wort. „Ich begreife. Allerdings liegt unser Weimar nicht gerade auf dem Weg von Paris nach Rom, oder täusche ich mich?"
Der Jüngling hat sich längst gefaßt. Aurora ist verblichen. „Doch, doch, gewissermaßen liegt es auf dem Weg, wenn man der Geographie konzediert, auch geistige Gipfel in ihrer Topographie zu würdigen."
Goethe schmunzelt. Der Kerl scheint helle Momente zu haben, oder er hat seine Lektion gut gelernt.
„Für heute lade ich Sie ein, mit mir zu Mittag zu essen. Ich erwarte Sie gegen halb zwei."

Dritter Gast am Tisch im gelben Zimmer ist diesmal neben von Arnim der Hofmedicus Doktor Vogel, Hausarzt und Mitarbeiter Goethes, ein alerter vierunddreißigjähriger Mann mit einem Fledermausgesicht, einem feinen Gehör, einem scharfen, analytischen Verstand. Ein unbestechlicher Zergliederer nicht nur des menschlichen

In dem Moment da der Alte begreift, welch kleines Meisterwerk männlicher Schönheit vor ihm steht, berühren sich ihre Hände. Er spürt einen leichten Schlag. Als seien sie beide Konduktoren, zwischen denen eine Elektrisiermaschine die Spannung aufgebaut hat. Er Minus, der andere Plus. Ein Funke, eine knisternde Entladung ist die Folge.

Körpers, Repräsentant der neuen Wissenschaft mit ihrem wachsenden Ethos positivistischer Exaktheit, jedoch zugleich Anhänger dubioser, fast mittelalterlicher Heilverfahren. Goethe gefällt dieses kuriose Gebräu aus Magie und Nüchternheit. Vogel ist inzwischen der einzige Arzt, dem er voll und ganz vertraut.

Der Hausherr ist bester Laune. Er tranchiert die gebratene Ente höchstselbst und läßt sich dabei über die osteologischen Besonderheiten des Vogels aus, nicht ohne eine Anspielung auf den Namen seines Arztes zu machen. Er hebt einen ledrig braunen Entenflügel hoch und doziert dabei: „Man sieht es deutlich, meine Herren. Ein Vogel ist osteologisch geprägt von der ihn umgebenden Luft. Sie macht ihn trocken und leicht, seine Knochen dünn und zerbrechlich. Wir konstatieren: das Milieu findet Eingang ins Wesen, das in ihm lebt."

Das Gespräch nimmt beim reichlich genossenen Wein einen lebhaften Verlauf, jedenfalls zwischen Vogel und Goethe, deren anfangs getrennte Redeflüsse sich bald zu einem breiten Strom vereinigen, während sich von Arnim nur sehr selten und meistens fragend als ein kleines Nebenbächlein hinzugesellt. Es geht natürlich um das Lieblingsthema des Gastgebers: die

Frage, ob in der Entwicklung der Lebewesen dem Beharren eines bestimmten Typus oder aber der Weiterentwicklung der Art die Hauptrolle gebührt. Vogel ist Anhänger der modernen Evolutionstheorie von Lamarck und Erasmus Darwin, während Goethe trotz wachsender Zweifel von seiner Lieblingsidee einer allgemeinen Typenlehre der Lebewesen nicht lassen will. Bald dreht sich das Gespräch nur noch um ein Exemplar der Fauna: um das ausgestorbene Riesenfaultier und seine heutigen Nachkommen, das dreifingrige Ai und das zweifingrige Unau. „Es sind die dümmsten und ungeschicktesten Tiere der Schöpfung", sagt Goethe. „Sie übertreffen in ihrer Trägheit und Hirnlosigkeit deutlich sogar noch ihren unglücklichen Stammvater."
Es ist allen Anwesenden deutlich: der Gastgeber spielt genußvoll auf der Klaviatur seines Wissens. Er möchte imponieren. Wie schon lange nicht mehr gelingt es ihm in diesen Momenten, Erfahrung des Alters mit dem Elan eines jugendlichen Geistes zu verbinden.
Hofrat Vogel nippt am Würzburger Tafelwein und äußert sein Interesse an einer genaueren Ausführung des Stoffes.
„Ich habe mich vor über zehn Jahren damit beschäftigt", sagt Goethe und wischt sich den fet-

Als sich ihre Hände ergreifen zum halbherzigen Händedruck, spürt er, wie der Strom fließt, wie er über den Arm in die Schulter fährt und sich von dort hinab verästelnd über den ganzen Leib verteilt.

tigen Mund mit einer großen Serviette. „Es geschah anläßlich einer Rezension von zwölf Kupfertafeln, die der große d'Alton veröffentlicht und beschrieben hat. Eine außerordentlich treffliche Arbeit. Wie Sie wissen, meine Herren, wirkte dieser Mann vor einigen Jahren hier in Weimar. In ihm vereinigte sich die Fähigkeit des Anatomen mit der des Kupferstechers auf eine höchst fruchtbare Weise, wie überhaupt die Symbiose des Künstlers und des Naturforschers in einer Person die ideale Verkörperung menschlicher Neugier darstellt, da nur sie es vermag, die synthetische Kraft der Phantasie mit der analytischen des Verstandes zu vereinen. D'Altons Tafeln verleihen den auf ihnen dargestellten Ungeheuern ein Leben, das ihre biologische Existenz an Wahrheit übertrifft. Mich faszinierte an jenen Tafeln vor allem die Abbildung des ausgestorbenen Riesenfaultieres. Der Affe scheint ihm wesentlich näher zu stehen als uns Menschen. Etwas fiel mir übrigens an diesem Urzeitgeschöpf auf." Goethe hebt an dieser Stelle seiner Rede sein frisch gefülltes Weinglas und blickt hinein wie in ein Gefäß, in dem ein Präparat jenes Urtieres schwimmt. „Eine unglaubliche, ja, fast gegenständliche, uns zugleich einnehmende und abstoßende Trauer, die diese unglückliche Mißgeburt der Schöpfung ausstrahlt. Ich forschte der Sache nach und kam auf folgende Erklärung: jener ungeheure Koloß ist der personifizierte Ungeist eines mißglückten Daseins zwischen zwei feindlichen Milieus. Ursprünglich ein Wassertier und dort wie der Wal vom tragenden Element gestützt, entwickelte das Riesenfaultier gewaltige Hilfsglieder, die ihm im Meer eine komfortable Beweglichkeit verliehen. Das seltsame Wesen fühlte sich nun halb dem Wasser, halb der Erde angehörig. In dieser Zwitterrolle begab es sich in die sumpfigkiesigen Ufer einer heißen Zone und führte dort hinfort ein mühseliges Leben, da ihm weder die Beweglichkeit des Fisches noch die Schnelligkeit des echten Landtieres verfügbar war. Allmählich entstand dadurch in ihm jene urweltliche Trostlosigkeit, die sich selbst dem heutigen Betrachter noch mitteilt. Höchst merkwürdig ist dabei, daß jenes Tier seinem Nachkommen, dem Ai, die gleichen plumpen Eigenschaften unzureichender Hilfsorgane vererbte. Dieser Widersinn verhilft uns nebenbei zu einem Argument für die Dominanz des Typus gegenüber der der Evolution. Obwohl das Ai ein echtes Landtier ist, hat es seine ursprünglichen, ans Wasser gebundenen Eigenschaften nicht abgestreift. Es führt bis heute ein geistloses, schwaches Dasein. Der Kopf ist zu klein, die Gliedmaßen schießen in die Länge, ihr Abschluß in den langen Sichelnägeln scheint ohne Grenze zu sein. Auch die Zahl seiner Halswirbel übersteigt das übliche Maß, indem sie sich selbst auseinander erzeugen, was auf einen völligen Mangel an innerem Halt deutet. Mit anderen Worten, das Ai ist ein Ungeheuer, das dem Schöpfer ein wahrhaft schlechtes Zeugnis ausstellt, wie manche unserer Artgenossen im übrigen auch."

„Wissen Sie, Verehrtester, woher der Name Ai rührt?" fragt Hofrat Vogel, nachdem er seinen inzwischen sorgfältig abgenagten Entenflügel fachmännisch beäugt hat. Goethe, der eine große Übung darin hat, Lücken in seinem erstaunlich umfangreichen Wissen mit geschickten Ausweichmanövern zu kaschieren, rettet sich auf einen Nebenschauplatz: „Ai ist dem Japaner der Ausdruck höchster Harmonie von Geist und Handlung, die völlige innere Übereinstimmung mit sich selbst. Da das Faultier im gleichen Maße träge und dumm ist, scheint mir diese Harmonie, wenn auch sozusagen auf niedrigster Stufe, bei ihm gegeben zu sein."

„Ai ist dem Schrei dieses Tieres nachgebildet", sagt Doktor Vogel. „Dieser Laut stellt gleichsam alles dar, was das dreifingrige Faultier zu sagen hat."

„Bemerkenswert", fällt Goethe ihm ins Wort. „Vieles von dem, was die jungen Poeten heute schreiben, ließe sich mit diesem Laut in der Tat völlig zureichend zusammenfassen."

Er schlürft seinen Wein und beobachtet den jungen von Arnim. Hat seine satirische Bemerkung bei dem Jüngling eingeschlagen? Immerhin zählte sein im letzten Jahr verstorbener Vater zu den Dichtern der jungen Generation! Sein Gast lächelt jedoch sanft und ein wenig einfältig und wirkt ganz so, wie man sich ein gut gelauntes Salonfaultier vorzustellen hat.

„Ich finde, daß vom Anblick des Faultieres", sagt Hofrat Vogel, der die kleine Szene mit Interesse registriert hat, „nicht immer jene wahrhaft tiefe Melancholie, ja Depressivität ausgeht, von der soeben die Rede war, sondern zuweilen auch der Charme und die Lebenslust der Jugend."

„Du gleichst dem Geist, den du begreifst", sagt Goethe und blickt den Hofmedicus dabei durchdringend an. In letzter Zeit ertappt er sich häufiger denn je dabei, sich selbst zu zitieren. Ist dies ein Zeichen von Verkalkung? Von Arroganz? Von Selbstglorifizierung? Nein. Er hat eher den Verdacht, daß er aus einer tiefen Resignation

„Wissen Sie, Verehrtester, woher der Name Ai rührt?“ fragt Hofrat Vogel, nachdem er seinen inzwischen sorgfältig abgenagten Entenflügel fachmännisch beäugt hat.

heraus nach solchen sprichwörtlichen Stellen greift, um sich im Meer des Vergessens mit einer selbstverfertigten Sentenz über Wasser zu halten.
Hofrat Vogel blickt ihn an mit den typischen physiognomischen Merkmalen des Erbosten, der sich mißverstanden fühlt. Beschleunigung des Pulses, leichte Röte der Stirn und Schläfen, Kontraktion der Muskulatur im Lippenbereich. Brüsk steht er auf, sagt, er müsse leider in wichtigen Angelegenheiten die Tafel vorzeitig verlassen. Goethe entläßt ihn huldvoll und läßt sich und seinem jugendlichen Gast zum Nachtisch ein Glas Tinto di Rota bringen. Er hat mehr getrunken als gewöhnlich, hebt das Glas und prostet seinem Gast zu. „Kommen Sie morgen ruhig wieder zum Essen, mein Freund. Vielleicht ergibt sich anschließend die Gelegenheit, Ihnen von meiner Kutsche aus die Merkwürdigkeiten unserer Stadt zu zeigen."

II. Die Ausfahrt

Am folgenden Tag findet sich Siegmund von Arnim pünktlich zum Mittagessen ein. Auch diesmal ist ein dritter Gast mit von der Partie. Doch wie anders als die des Hofmedicus ist seine Erscheinung und seine Art, sich am Tischgespräch zu beteiligen! Siegmund von Arnim gegenüber sitzt ein Mann, der auf eine bemerkenswerte Weise zugleich da ist und auch nicht. Fast könnte man glauben, es handle sich um die Hohlform eines Menschen, um ein Negativ, in das erst Gußmaterial hineinfließen muß, um ein menschenähnliches Abbild zu ergeben. Dies muß allerdings bereits geschehen sein, denn die Person wirkt erstarrt, ja, ihre Haut ist matt und glanzlos wie die Gußhaut erkalteter Bronze. Die Züge des Mannes können dabei als durchaus bedeutend gelten: die große Nase, das vorspringende Kinn, die nicht zu übersehende Ähnlichkeit mit Goethe! Ein Gesicht wie dessen Totenmaske, erhaben, von gebändigter Leidenschaft geformt, doch ist der Sog der Leere, der von Johann Peter Eckermann ausgeht, dieser Abgrund an Enttäuschung, als stürzten ständig Katarakte von gescheiterten Hoffnungen in ihn hinein, so stark, daß die Blicke und Gedanken der Umwelt ihn meistens nur flüchtig streifen. Auch jetzt, bei Tisch im gelben Zimmer, ist es nicht anders. Goethe wendet sich fast nur an den jungen Arnim. Eckermann hingegen lauscht. Er tut es in einer wahrhaft radikalen Weise. Seine großen, von glatten Haaren halb verdeckten Ohren erinnern an Münder, die die ihnen akustisch gebotene Speise hastig und schmatzend verzehren. Vom wirklichen Essen nimmt Eckermann nur wenig zu sich.

Der Hausherr scheint bester Laune zu sein. Er ereifert sich zwischen Bissen und Schlucken gegen seinen Widersacher und Erzrivalen Isaac Newton. „Die Sache ist ganz einfach. Man begehe einen gewaltigen, kardinalen Irrtum und verwende nun seine ganze Genialität darauf, ihn gegen einleuchtende Einwände zu verteidigen. So jemand war Newton. Sehen Sie, er gleicht einem Manne, der aus dem höchsten Turmfenster springt, weil er behauptet, die Landschaft sei nur auf das Glas gemalt. Und nun, während er fällt und fällt, argumentiert er gegen dieses Phänomen, indem er behauptet, nicht er falle,

sondern das Turmfenster entferne sich von ihm. Noch in dem Moment, da er sich zu Tode stürzt, wird er die Tragik seiner Situation leugnen, und da er die Gegenthese nicht mehr bei Bewußtsein erlebt, stirbt er auch noch im Glauben, Recht zu haben.“ Goethe lehnt sich befriedigt zurück und tupft sich den Mund mit der Serviette ab. Sein Blick fällt auf Eckermann. „Sie essen wie Ihre Vögel, lieber Herr Doktor. Sie picken gerade soviel auf, wie in einen Vogelkropf geht.“
Der Angesprochene errötet. Er blickt um sich wie ein gehetztes Tier, das nach dem geeigneten Fluchtweg späht. Ungerührt fährt der Alte fort: „Die Ehe scheint Ihnen auf den Magen zu schlagen. Sie hätten sich vielleicht länger prüfen sollen, ehe Sie einen solchen Schritt wagten.“
Die Bemerkung ist an Boshaftigkeit nicht zu übertreffen, denn Eckermann, der im letzten Jahr geheiratet hat, war zwölf Jahre mit seiner Braut verlobt. Alle früheren Heiratsversuche waren an der Intervention seines Herrn und Meisters gescheitert.
Goethe wendet sich an den jungen von Arnim: „Der Herr Doktor Eckermann beherbergt vierzig Vögel in seiner Wohnung. Greifvögel die meisten. Ein Adler soll darunter sein. Ich frage mich zuweilen, ob dieser Versuch einer gewalti-

gen Volière etwas mit der Sehnsucht des Mannes zu tun hat, selber flügge zu werden."

Als der letzte Gang verzehrt und die Teller herausgetragen sind, erhebt sich Eckermann, um die Tafel zu verlassen. Doch ein strenger Blick Goethes zwingt ihn in den Stuhl zurück. Mehrmals wiederholt sich dieser Vorgang. Auf und nieder, auf und nieder: die Exerzierübungen eines niederen Soldaten des Geistes, der hofft, eines Tages auf dem Feld der Ehre gebraucht zu werden.

„Genügsam", sagt Goethe, als er Eckermann endlich entlassen und jener sich im Schatten einer ganzen Phalanx von Bücklingen und Dankesworten zurückgezogen hat. „Sie sehen, Herr von Arnim, was dieses Wort für schreckliche Folgen haben kann. Mein guter Eckermann ist so genügsam, daß es kaum zu umgehen war, ihn zu mißbrauchen. Ich fürchte, selbst die Sonne mißbraucht ihn, wenn sie ihn bescheint."

Die Tafel ist aufgehoben. Siegmund von Arnim verabschiedet sich. „Seien Sie um vier Uhr wieder hier", ruft Goethe ihm nach. „Ich habe Ihnen eine Rundfahrt versprochen."

Er zieht sich in sein kleines Schlafzimmer zurück. Den grünen Augenschirm tief ins Gesicht gezogen, versucht er Siesta zu halten.

Doch er treibt im aufgewühlten Meer seiner Gefühle, irgendwo tief unter der Wasseroberfläche im grünen Weltall der Fische, in einer warmen, starken Strömung.

Das Wetter ist zu schlecht, um in seiner eigenen Kutsche, einer leichten Batarde, auszufahren. Zwar kann man deren Verdeck ganz schließen, aber dann hat man so gut wie keine Sichtmöglichkeiten mehr nach draußen. Also läßt er sich eine steifgedeckte Kutsche aus dem herzoglichen Marstall kommen.
Der junge von Arnim ist pünktlich erschienen. Im Hof besteigen beide das Gefährt. Eine Weile fahren sie schweigend über das holprige Weimarer Pflaster.
„Ich habe vor, einen dritten Faust zu schreiben. Denn ich habe in den ersten beiden Teilen ein gravierendes Menschheitsproblem vernachlässigt." Sein Gegenüber starrt ihn an. Nicht das mindeste von Verständnis zeigt sich in diesem glatten Hübschlingsgesicht. Der Alte beugt sich vor, als ginge es darum, ein tiefes Geheimnis zu verkünden, dessen Preisgabe ihm schwer fällt. Er tippt dem jungen Mann leicht auf das linke Knie und sagt: „Im ersten Faust habe ich zu sehr mit Mephisto sympathisiert, im zweiten zu sehr

mit Faust, aber Wagner, dieses leibhaftige Mittelmaß von Mensch, ihn habe ich dabei aus den Augen verloren. Seit ich meinen Eckermann so ausführlich studieren durfte, weiß ich, daß dieser Typus von Mensch mehr Mephistophelisches an sich hat als uns lieb sein kann. Wagner ist der Mephisto der Zukunft. Eigentlich ist er es, der Faust verführt. Und zwar zur größten denkbaren Sünde: zum soliden Mittelmaß. Dieses bürgerliche Trauerspiel einer zur Durchschnittlichkeit verleiteten faustischen Natur wird Inhalt meines dritten Teils sein. Wagner als der Antipode Gottes und Mephistos gleichermaßen. An ihm scheitert zuletzt die Schöpfung, nicht am Teufel und nicht an der Ruhelosigkeit eines verzweifelten Wahrheitssuchers."

Er läßt sich heftig in die Polster zurückfallen und schließt die Augen. „Du da, du bist auch ein neuer Wagner", denkt er. „An euch wird die Welt noch viel zu leiden haben."

Sein Gegenüber beginnt jetzt zu sprechen, aber der Alte hört keinen Laut, sieht nur dessen volle, rote Lippen wie die Magenöffnung eines Polypen pulsieren. Es ist eine künstliche Schwerhörigkeit, die er seit langem beherrscht. Die Fähigkeit des Weghörens in einem Maße, das aus Rede ein fernes Schnarren macht, als ob ein Bar-

Er tippt dem jungen Mann leicht auf das linke Knie und sagt: „Im ersten Faust habe ich zu sehr mit Mephisto sympathisiert, im zweiten zu sehr mit Faust.“

bier sein Bartmesser am Riemen schleift. Damit der andere nichts merkt, nickt er zuweilen. Er weiß, daß sein Gegenüber so belangloses Zeug redet, daß das Nicken immer paßt.
Es ist noch kälter geworden, und auch die Sonne vermag die Kälte nicht zu mildern. Sie ist in diesen Tagen eine weiß verschleierte Frau ohne Mitleid mit den Alten, denen es an frischem Blut in den Adern mangelt. Goethe hat sich eine schwere Decke über die Beine und den Unterleib gelegt. Wieder schließt er die Augen. Mit geschlossenen Augen kann er den Kerl besser sehen, der wie die meisten Hübschlinge seine eigene Unsichtbarkeit hat. Eine Tarnkappe aus Ebenmaß.
Über eines allerdings ärgert er sich gründlich: warum nur hat sich dieser Jüngling ausgerechnet dort niedergelassen, wo er selbst am liebsten sitzt, so daß ihm nichts anderes geblieben war, als auf der anderen Seite Platz zu nehmen? Wie er es haßt, mit dem Rücken zur Fahrtrichtung zu sitzen und auf diese mechanische Weise gezwungen zu sein, in die Vergangenheit zu blicken! Die Augen werden gleichsam durch ihre Position dazu verdammt, mittels vorbeiziehender Schauplätze Rückblick zu halten. Selbst wenn es nicht mehr als Kopfsteine und Laternenpfähle sind,

die sie bereits passiert haben, Hundekot, oder ein Fenster mit einem Gesicht darin, das ihnen nachstarrt: es ist Vergangenheit, wenn auch nur wenige Augenblicke alt, und diese Tatsache hat so viele Stunden, Tage, Jahre im Gefolge, daß einem angst und bange davon wird. Ja, das weiß er aus Erfahrung: durch das bloße Vorbeigleiten völlig banaler Dinge öffnen sich Abgründe im Leben, in die zu starren ein höchst unangenehmes Schwindelgefühl hervorruft.
Er spricht sich seine Gedanken innerlich vor, so als diktiere er sie seinem Schreiber. Eine Frechheit, sich auf seinen angestammten Platz zu begeben, von wo aus man wie von selbst den Blick schräg nach vorne richtet auf eine Zukunft, die nicht aufhört, immer wieder neue Wunder aus ihrem Hut zu zaubern. Aber ist er nicht selbst schuld an dieser fatalen Situation? Schließlich hatte er seinen Gast aufgefordert, zuerst einzusteigen, und so war es zwangsläufig dazu gekommen, daß jener sich auf die vorteilhaftere Sitzposition begeben hatte. Überhaupt geschieht diesmal alles ganz gegen seine geliebten Gewohnheiten. Normalerweise steigt er immer zuerst ein, um sich den Platz zu sichern, der ihn nicht mit jenen düsteren Reminiszenzen plagt. Warum war er diesmal von dieser Regel abge-

wichen? War es Höflichkeit? Niemals! Doch nicht gegenüber einem grünen Jungen. Nein, der Grund ist ein anderer gewesen, und ihn sich in diesem Moment einzugestehen, macht ihm sogar eine gewisse nachträgliche Freude, so daß sich sein schmallippig gewordener Mund zu einer Grimasse verzieht, die nur ein Kenner der Physiognomie von Greisen als Lächeln hätte deuten können.

Die Wahrheit ist: er hatte den Kerl von hinten inspizieren wollen, hatte sehen wollen, wie sich beim Einsteigen die helle Hose über seinen Waden und seinen Hinterbacken spannte. Und in der Tat, der erste Eindruck hat nicht getrogen: so sieht tatsächlich ein Apoll aus, dem ewige Jugend das Spiel seiner Muskeln geschmeidig erhält. Dieser Hübschling verfügt über die kraftvolle Anmut eines Menschentieres, eines Zentauren, der zweierlei völlig verschiedene Naturen in sich vereint, ohne die eine in der anderen zu verstecken. Der Kopf edel, die Gesichtszüge keineswegs dumm, eine Tatsache, die nicht unbedingt auf einen regen Geist schließen läßt, wie er aus langer Lebenserfahrung weiß. Der Kerl formuliert jedoch recht eloquent. Vermutlich hatte sich die irrlichternde Intelligenz der Mutter bei dem Sohn zu einer gewissen Fähigkeit fließender Konversation beruhigt. Bettine, wie lange hat er sie nicht mehr gesehen! Jahre, Jahrzehnte ist es her, Äonen sogar, wenn man die Elle innerlich zugebrachter Zeit anlegt. Bettine, dieser Kobold, der mit unverschämter Selbstzufriedenheit pausenlos um ein heimliches Feuer tanzte, das er selbst immer nur aus der Ferne gesehen hatte: das Feuer des Lebens, das bei manchen Menschen mitten im Herzen brennt, so sanft, daß es ihre Träume und Wünsche einäschert. Wie hatte er immer Sehnsucht nach einer solchen zentralen Wärmequelle gehabt und welche Angst zugleich, sich an ihr zu verbrennen, ein Autodafé sozusagen am eigenen Selbst. So war es gekommen, daß er schon als kleiner Junge gemäßigte Temperaturen vorzog, sich von Kälte und Hitze gleichweit entfernt zu halten suchte, sich höchstens hin und wieder weit aus seinem Daseinsfenster lehnte, sorgsam darauf bedacht, nicht den Halt dabei zu verlieren, und die Arme reckte, um sich die Fingerspitzen ein wenig am Feuer anderer zu wärmen. Und ist es ihm nicht vor allem dank eines vorsichtigen Umgangs mit den Temperaturen gelungen, in ein biblisches Alter vorzudringen, während andere um ihn, die jünger waren, längst von ihrem Zentralfeuer in Asche gelegt worden sind, die der Wind inzwischen in alle Richtungen verteilt hatte? Kleist, Brentano, Arnim, Hölderlin, Lenz und wie sie alle hießen, diese ewig Talentierten, die er verachtet, so wie man einen Straßenköter haßt, der lauter kläfft als es seiner Kraft und Größe entspricht. Wortspieler allesamt, mit den Wangentaschen voller kühner Metaphern, Taschenspieler, Klangjongleure, die nichts ernst nahmen, Begriffsküster mit Beuteln voller Wortgeklingel. Oh, sie verstanden die Jahrmarktskunst des Seiltanzens, indem sie zwei Begriffe hoch in die Luft warfen und ein dünnes Seil zwischen ihnen spannten, über das sie dann mit der Sicherheit des Somnambulen balancierten! Und wenn sie dabei das Gleichgewicht verloren und stürzten, dann bliesen sie einfach die Backen auf wie Ballone und schwebten mittels der heißen Luft ihrer Worte sanft zur Erde herab.

Als er draußen einen schwarzen Hund sieht, beendet er sein inneres Zwiegespräch. Die Gesichtsmuskeln des alten Mannes verzerren seine Miene unwillkürlich in einer Weise, die wie ein spöttisches Lächeln wirkt, und nur ein Kenner der Greisenphysiognomie hätte erkannt, daß dies kein Lächeln ist, sondern der Widerschein hemmungsloser, allgemeiner, zielloser Wut, ge-

Die Wahrheit ist: er hatte den Kerl von hinten inspizieren wollen, hatte sehen wollen, wie sich beim Einsteigen die helle Hose über seinen Waden und seinen Hinterbacken spannte.

mischt mit Neid und Bewunderung. Der junge Mann aber, der ihm gegenüber sitzt, bezieht dieses scheinbare Lächeln auf sich und weiß nicht, ob er Spott oder Sympathie daraus lesen soll, und genau diese Unsicherheit verleiht seinem jugendlichen Antlitz mit den kohlschwarzen Augen und dem braunlockigen Haar den blöden Ausdruck eines verstörten Kindes, den der Alte in diesem Augenblick so anziehend findet. Ein Kindmann, dessen Nähe für ihn ein Jungbrunnen ist. Ein Cherubim der Lust, die glatten Züge noch nicht von grüblerischen Gedanken verunstaltet, ewige Jugend als Gaukelspiel der Lebenssäfte, die allerdings auch in diesem wohlgestalten Gefäß nicht vor dem Los bewahrt werden würden, einst in Gärung überzugehen. Kündigte sich nicht bereits ein gewisses Prickeln an, mischte sich in die Süße dieses jungen Blutes nicht doch schon der herbe Ton der Verwandlung von Wein in Essig?
Ach, er selbst hat die Lust an Wortspielereien schon lange verloren. Sie sind ihm schal geworden wie das zweifelhafte Vergnügen, mit einer Frau zu schlafen. Worte sind ihm seit Jahren höchstens zähe Maultiere, die schwere Gedanken wie Säcke voller Korn über schmale, steinige Pfade zu schleppen verstehen.

Irgendwo hört er ein Klopfen. Kommt es von draußen? Ein Echo ewiger Rastlosigkeit der Menschen, die immer etwas zu bauen, zu werkeln, zu hämmern, zu meißeln haben? Er sieht hinaus und sein Blick fällt zufällig auf ein Stück helle, frisch gekalkte Mauer. Auf ihr zarte Linien. Risse im Mörtel vielleicht? Oder aber eine flüchtige Skizze? Jenes Bild eines Steinbruchs in Sizilien, das ihm jetzt so deutlich vor Augen steht, daß sich seine Pupillen von all der Sonnenhelle verengen? Ja, damals in Sizilien war es endgültig zu Ende gewesen mit den Wortspielereien, denen auch er als junger Dichter nachgehangen hatte. In jenem Steinbruch hatte die unbarmherzige Sonne allen Wortwitz aus seinem Hirn so gründlich herausgebrannt, daß ihm danach das Formulieren selbst der einfachsten Gedanken schwer gefallen war. Die banalen Reimereien des Faust, der geschwätzige Tiefsinn des Wilhelm Meister, alles war Folge dieser Abkehr vom spielerischen Wort. Tödliche Hitze damals zwischen den Steinen, das Gefühl, gesotten zu werden in einer Hölle aus Licht und Leere. Zugleich die Erkenntnis, daß das Wort seine Schönheit dadurch bezog, daß es Verrat war am Ideal des Gedankens. So wie die fleischliche Wollust Verrat war am Ideal vollkommener Liebe, die

So war es gekommen, daß er schon als kleiner Junge gemäßigte Temperaturen vorzog, sich von Kälte und Hitze gleichweit entfernt zu halten suchte.

man nur in der Entsagung zu ahnen verstand, oder, was die Sprache anbelangte, im Schweigen. Niederschmetternder Eindruck einer staubigen Weltenleere, in dem die eigene Natur einem Samenkorn glich, das niemals Wurzeln schlagen konnte in den endlosen Ackerfurchen des Nichts, die eine grausame Pflugschar in die Weiten des Alls gezogen hatte. Darum hat er sich auch nie für den Blick in die Sterne interessiert. Von allen Wissenschaften ist ihm die Astronomie am wenigstens lieb. Denn es ist leichtsinnig, sich zu weit in die Unendlichkeit vorzuwagen, und sei es auch nur mit den bloßen Augen.
Damals, in jenem Steinbruch war er sich wie in einem Brennofen vorgekommen. Eine Luft voller glühender Nadeln, die beim Einatmen seine Lungen folterte, ihm das Eingeständnis der eigenen Sterblichkeit abpreßte. Das ferne Blöken halb verdursteter Schafe, die schwarze Brutalität weniger Schatten, wie der, den das Skelett eines verdorrten Olivenbaums gegen die Felsen warf. Dies also war Arkadien, das wahre Arkadien, das dem Wanderer keine Quelle bescherte, sondern nur die innere Qual, auszutrocknen wie ein Flußbett in der Wüste. Keine Gesänge mehr, Schweigen war die Botschaft dieser Welt!
Daß er dennoch später weiter schrieb, war eine

Form jener typischen Feigheit, die fast jeden Soldaten in einem bereits verlorenen Krieg befällt. Er macht zwar weiter, lädt das Gewehr und schießt in die Luft, aber nicht wie jemand, der siegen will, sondern wie einer, der sich treiben läßt im Strom der zurückflutenden Massen einer geschlagenen Armee. Ach, er war nicht besser als Eckermann. Im Grunde wäre es nur gerecht, jener gäbe Weisheiten von sich und er schriebe sie der Nachwelt auf. Und weil er dies weiß, ist er zuweilen so häßlich zu diesem armen Kerl.

Er schließt die Augen und öffnet sie wieder. So wie sich der Vorhang nach dem Ende eines Stückes noch einmal öffnet, um den Schauspielern Gelegenheit zu geben, den verdienten Applaus entgegenzunehmen. Warum klatscht dieser Kerl nicht? Warum räkelt er sich auf seinem Sitz und befeuchtet seine vollen roten Lippen, als wolle er gleich ein Kompliment hervorbringen wie das Gewöll, das übrig bleibt von einer verdauten toten Maus? Doch, es ist wahr: jener hat die Augen Bettines, die wiederum die Augen ihrer Mutter hat. Niemand anderes als die tote Maximiliane ist es, die ihn aus den Augen ihres Enkels ansieht. „Maxe“, er schließt die Augen wieder. Seine Lippen formen Sätze,

die nur er versteht. Speichel erscheint in seinen Mundwinkeln. Er bewegt die Kinnlade. Es sieht aus, als kaue er eine allzu harte Brotkruste.
„Maxe, wie lange ist es her. Wie lange bist du nun schon nicht mehr. Vierzig Jahre werden es sein. Unfaßlich, daß du existiert hast, wirklich warst, aus Fleisch und Blut, ehe du dieser schrecklichen Zerstäubung zum Opfer fielst, die Fliegen im Herbst befällt, wenn sie tot am Fenster kleben und einen eklen, weißen Staub aus dem Hinterleib versprühen."
Die Miene des alten Mannes verzieht sich zu einer Fratze des Überdrusses. Der Jüngling, der seine eine Hand lässig mit leicht gespreizten Fingern auf dem Oberschenkel ruhen hat, scheint den Versuch, in den Gedanken seines Gegenübers zu lesen, längst aufgegeben zu haben. Seine Gesichtszüge wirken auf eine Weise entspannt, wie es nur Schlafenden oder von gänzlichem Mangel an Nachdenklichkeit geprägten Personen eigen ist.
Draußen ziehen indessen die hübschen Fassaden der Weimarer Bürgerhäuser vorbei. Im kalten Tageslicht sehen sie unschuldig und frisch gereinigt aus. Nichts verrät die Wärme der Leiber dahinter, ihre nächtliche Brunst, ihre schwülen Träume, ihre dumpfe vegetative Existenz. Maxi-

miliane war seine einzige große Liebe gewesen. Zwei Jahre hatte sie gewährt, bis ihn die Eifersucht ihres viel zu alten Ehemanns aus dem Hause trieb. Damals war er selbst noch ein Jüngling gewesen, unvorstellbar dies von heute aus gesehen! Er hatte Maximiliane von Anfang an begehrt, weil nichts an ihr mütterlich war, nichts hurenhaft, was auf das gleiche herauskommt, denn sind Mütter nicht Huren, die den Sohn mit dem Vater betrügen um dessen Geldes willen? An Maxe war alles nur reinster Frühling, Paarungslust ohne den vulgären Zweck der Fortpflanzung. Wie wunderbar sie mit den Instrumenten der Vereinigung zu spielen verstand! Wie hatte sie nur diesen verknöcherten Kaufmann Brentano zu heiraten vermocht! Eine wahrhaft widerwärtige Mesalliance zwischen Spieltrieb und Tüchtigkeit. Natürlich mußten dabei Mißgeburten wie Clemens Brentano entstehen, Singvögel mit bleiernen Federn, geschwätzige Monstren der Ichsucht. Bettine war da anders, jedenfalls solange sie jung war. Sie hatte den unruhigen Geist ihrer Mutter in sich bewahrt, aber sie verstand es anfangs durchaus, damit Vorratshaltung zu betreiben, ihn einzuwecken in lauter Gläser und Krüge, die sich im Keller frisch erhielten. Schon damals, vor nunmehr beinahe vierzig Jahren, war sie ihm wie ein androgyner Engel vorgekommen, der einen marmornen Gott wie ihn mit seinen Flügelschlägen vom Postament zu holen verstand. Maxes Reinkarnation, eine Frau im Leib eines Knaben und ein Knabe im Leib eines Schmetterlings. Und irgendwann vor achtzehn Jahren ist dieser Kerl, der ihm gegenüber sitzt und derzeit statt seiner in Richtung Zukunft blicken darf, aus diesem Schmetterling eines Schmetterlings geschlüpft, eine hübsche Larve fürwahr, ein Jüngling, in dessen Körper der Knabe sich immer noch erfolgreich gegen den Mann verteidigte. Dies soll von Arnims Sohn sein? Siegmund, der Zweitälteste? Nicht der Stammhalter also, sondern der ewige zweite Sohn, der auch eine Tochter hätte werden können? Ein Hermaphrodit demnach, jedenfalls dem Plane nach? Bettine hatte ihn vermutlich als Jungfer gezeugt wie einst Marie den Jesus. Wahrscheinlich hatte sie sich von ihrer inneren Fruchtbarkeit schwängern lassen. Vom Mund über die Spermien der Worte ins eigene Ohr.

Draußen ziehen immer noch die Fassaden der Bürgerhäuser von Weimar vorbei. Das Getrappel der Pferde und das Holpern der eisenbereiften Räder auf dem Pflaster entheben ihn der Qual,

mit seinem Gegenüber ein geistreiches Gespräch führen zu müssen. Er sieht hinaus, blickt vielmehr, denn schon lange hat er das Sehen mit dem Blicken vertauscht, was soviel bedeutet, wie aus dem Vielerlei der Einzelheiten das Bild eines Ganzen zu formen. Einzelne verspätete Schneeflocken tanzen dort im kalten Wind. Abschiedsbriefchen des Winters. Er ärgert sich, daß ihm eine solche Metapher eingefallen ist, denn dies paßt eher zu den poetischen Kapriolen eines Clemens Brentano.
Sein Blick trifft die Fassaden und versucht, sie dabei mutwillig umzustoßen wie die Pappwände einer Puppenstube. Weimar, ist dies nicht so etwas wie die Hauptstadt der Durchschnittlichkeit? Welch ein angenehmes Umfeld für die eigene Durchschnittlichkeit jedenfalls! In Berlin wäre er sich inzwischen reichlich dumm vorgekommen, aber hier gab es immer noch genügend Gelegenheiten, Altersweisheiten für großartige Perlen auszugeben, die man so geübten Phrasenfischern wie Eckermann ins grobe Netz werfen konnte, ohne daß sie durch die Maschen fielen. Er fühlt sich plötzlich elend beim Klang dieses Namens. Eck-kerr-mann, welch knirschend grober Laut, als ob mürbe Knochen zerbrechen. Macht ihn dieser Knabe dort so onomatopoe-

tisch? Eckermann ist eine Geißel des Teufels. Daß er sie fleißig benutzt, macht ihn zum Flagellanten, der sich mit Hilfe dieser Peitsche den letzten Rest an Lebensmut auszutreiben sucht. Warum? Um zu leiden oder aber um nicht leiden zu müssen? Schon greift er nach dem Stock, um durch einige heftige Stöße mit dem Griff gegen die Kutschenwand dem Lakaien zu signalisieren, anzuhalten. Die Fahrt abbrechen, umkehren, das tägliche Geschäft wieder aufnehmen, statt mit diesem Früchtchen durch die Gassen zu rollen!

Da gibt es einen heftigen Ruck, so daß der junge Mann vom Sitz fliegt und beinahe in seinem Schoß gelandet wäre, hätte er sich nicht mit kräftigen Armen abgestützt, wobei sich ihre Gesichter für den Bruchteil eines Augenblicks berühren und er das Parfum pomadisierten Haares riecht und ein wenig auch den Schweiß eines unsicheren Tieres.

Sie halten. Der Kutscher steckt den Kopf zur Tür herein und entschuldigt sich für das Mißgeschick, gegen einen Kantstein gefahren zu sein. Den Rädern sei nichts passiert. Man könne weiterfahren, wenn Seine Exzellenz, der Herr Minister, es wünschen. „Vielleicht etwas weniger stürmisch, wenn es geht“, sagt der alte Mann,

und dann bringt er mit einer unwilligen Handbewegung den Bediensteten dazu, aus seinem Blickfeld zu verschwinden.
Weiter geht's, die Rittergasse entlang, und mitten in dem Gepolter hört er die angenehme Stimme des Jünglings den folgenden abgeschmackten Satz skandieren: „Ich bin ganz so wie meine Mutter ein glühender Bewunderer Ihres Faust. Ein Werk, unsterblich wie der Hamlet. Und ich danke meinem Schöpfer, daß Sie die Güte haben, mir Audienz zu gewähren."
Hatte etwa Bettine ihm diese schlüpfrigen Sätze eingeschärft? Hatte sie ihn abgehört bei seinen Komplimenten? Vermutlich. „Wieso danken Sie ihrem Schöpfer? Ich bin es doch, der diese Audienz, wie Sie es nennen, gewährt." Seine Stimme klingt scharf, schärfer als es jener unsichere junge Mann verdient, der jetzt zum ersten Mal ein wenig seine arrogante Selbstsicherheit zu verlieren scheint. „Darf ich fragen, womit Er sich derzeit hauptsächlich zu beschäftigen weiß?" fährt der Alte fort, wie um durch geheucheltes Interesse zu beschwichtigen. Der junge Mann starrt ihn an. „Beschäftigen?"
„Ja, nenne Er seine vornehmlichen geistigen Interessen."
Der Jüngling sieht aus dem Kutschfenster,

Da gibt es einen heftigen Ruck, so daß der junge Mann vom Sitz fliegt und beinahe in seinem Schoß gelandet wäre, hätte er sich nicht mit kräftigen Armen abgestützt, wobei sich ihre Gesichter für den Bruchteil eines Augenblicks berühren und er das Parfum pomadisierten Haares riecht und ein wenig auch den Schweiß eines unsicheren Tieres.

scheint zu überlegen, wie die zarten, kaum angedeuteten Falten auf seiner Stirn verraten. Dann sagt er: „Morphologie.“ Nur dies eine Wort. Präpariert muß er sein wie ein Papagei, denkt der Alte. Doch er kann sich dem dunklen, magischen Klang seines Lieblingswortes nicht entziehen. „Mor-pho-lo-gie“, sagt nun auch er. Wenn er dieses Wort benutzt, wird es allein schon durch seinen Klang zu einer Beschwörung all der Zusammenhänge, die der Natur ihre Gestalt geben und ohne die sie nichts anderes wäre als der Staub, der sich seit Millionen von Jahren in jenem von Gott verlassenen Steinbruch der Welt niedersenkt.

Er sieht sich plötzlich wie aus weiter Ferne, sieht die schwarze Kutsche ihre Bahn ziehen im kläglichen Puppenkosmos dieser Stadt. Irgendwo immer noch dies beständige Hämmern, ein fleißiger Handwerker, der trotz des Wetters seinem Beruf nachgeht. Seit über einem halben Jahrhundert ist Weimar sein Exil, sein Möchtegern-Griechenland, eine kleine Insel im Meer der Mächte, politisch völlig bedeutungslos, kulturelle Provinz, ein Olymp der Langeweile. Warum dieser Ort? Wollte er keinen größeren Sockel für sein Denkmal, weil er Angst hatte, sich sonst lächerlich zu machen?

Er sieht hinaus in den eisigen März. Sie fahren am Theater vorbei. Ein Lichtblick in seinen Augen, denn in diesem Musentempel herrscht wenigstens zuweilen der Schein über das Sein. Das nächste Mal wird er beim Einsteigen darauf achten, die richtige Position zur Fahrtrichtung einzunehmen. Dann wird der andere gezwungen sein, in die Vergangenheit zu blicken, die sich in seinem Fall recht armselig ausnehmen muß. Was kann ein Hübschling von achtzehn Jahren schon für eine Vergangenheit haben!
Er rafft sich mit größtem Widerwillen zu einer Frage auf: „Wie geht es Ihrer Mutter? Ist sie immer noch so ein Wirbelwind?"
Der Sohn legt den Kopf schief, als denke er über die Frage nach. Dann murmelt er: „Mama ist sehr engagiert in sozialen Fragen. Sie kümmert sich um die Armen in Berlin."
„Du kleiner Schmarotzer", denkt er. „Deine Mutter kümmert sich um die Armen, weil sie selber arm ist. Also ist es nichts als Eigenliebe. Sie sollte sich besser um dich kümmern. Damit aus dir nichts allzu Vernünftiges wird."
Er ist enttäuscht. Vielleicht sollte er die Fahrt jetzt abbrechen und den jungen Mann mit ein paar freundlichen, nichtssagenden Bemerkungen hinauskomplimentieren. Es scheint ihm jedoch

in diesem Augenblick der bequemere Weg zu sein, einen jener einseitigen Dialoge zu beginnen, die der gute Eckermann sehr zu Unrecht als Gespräch bezeichnet. Monologe sind es. Als ob die Sprache sich darin zu befriedigen sucht, mit Begriffen und Thesen zu masturbieren: „Es gibt ein Geheimnis, das zu lüften mir in diesem Leben nicht vergönnt wurde. Ich würde gerne meine sämtlichen literarischen Erzeugnisse für dessen Lösung hergeben."

Stumm wie ein Fisch sieht der andere ihn an. Fragend stumm. Wie ein Goldfisch, der durch das gewölbte Glas eine Katze zu den erstaunlichen Dimensionen eines Tigers vergrößert wähnt.

„Ich meine den Regenbogen. Sein Wesen ist von niemandem bisher begriffen worden. Gewiß. Es gibt einige optische Tatsachen. So scheint er durchaus ein Phänomen der Refraktion und Reflektion zu sein. Auch handelt es sich um ein entopisches Bild, was bedeutet, daß es in dem Wassertropfen ist und nicht außerhalb von ihm. Warum aber weicht der Regenbogen vor unserer Annäherung zurück? Psychologisch gesprochen könnte man dieses eigenartige Verhalten mit dem vergleichen, dem wir so häufig in der zwischenmenschlichen Liebe begegnen. Das begehrte Objekt weicht vor der Annäherung zurück. Läßt es sich jedoch einholen, löst es sich auf in trübes Einerlei."

Während dieser melancholischen Rede, die ihm den bittersüßen Geschmack des Wiederkäuens bereitet, nähert sich sein Knie in kaum merklicher Bewegung dem Knie des anderen. Dabei wird er das Gefühl nicht los, daß sich jener im Moment der Berührung in Nichts, in trübes Einerlei auflösen wird. Doch der andere scheint nun aufmerksam zuzuhören. Ein Anflug von Verständnis läßt den Jüngling plötzlich älter aussehen.

Goethe läßt sich zurückfallen in das weiche Kissen, das ihm der Lakai zu Beginn der Fahrt in den Rücken gestopft hat. Dabei streckt er das Bein so weit vor, daß es bei jeder noch so geringen Schaukelbewegung das Bein des anderen in Höhe der Wade berührt.

„Ein anderes Rätsel der Natur habe ich hingegen in den letzten Wochen gelöst. Die Frage, inwieweit die vertikale und die spiralige Natur der Pflanzenwelt sich ebenso in der Welt der Tiere und deren edelster Spezies, des Menschen, zeigt. Das vertikale Prinzip ist die Urkraft des Wachsens. Das Streben in die Höhe, Wirklichkeit geworden im Stengel der Blume ebenso wie im

Stamm des Baumes wie im Streben des Geistes nach Erkenntnis. Es ist das männliche Prinzip, das die ganze Natur durchherrscht. Unmittelbar und auf ewig eng mit ihm verbunden ist nun die spiralige Natur, die sich bei den Pflanzen am augenfälligsten in der Blüte und beim Baum im Wipfel zeigt. Es ist das Prinzip der Fruchtbarkeit, des Gebärens, aber auch zugleich des Abschließens. Insofern beendet das spiralige Prinzip in der Krone das edle Streben des Baumes ins Licht. Auch das Wachstum der Blume kommt zum Stillstand, wenn sich die Blüte entfaltet. Man könnte sagen, es ist eine tödliche Pracht, die sich am Ende als Stillstand erweist. Jeder Mann macht die Erfahrung, daß er seine Denkkraft und seine gestaltende Wirksamkeit einbüßt, wenn er sich mit dem spiraligen Prinzip des Weibes zu eng verknüpft. Ihre verehrte Mutter, lieber Freund, scheint mir übrigens das spiralige Prinzip in besonderer Reinheit zu verkörpern. Könnte es sein, daß sich die offenbare Hemmung der dichterischen Gestaltungskraft, die wir bei Ihrem verstorbenen Vater konstatieren mußten, mit dieser Tatsache erklären läßt? Daß er nämlich mit seinem Stengeldasein in einer besonders schön duftenden und wohlgeformten Blüte ein vorzeitiges Ende fand?“

Der junge Mann antwortet nicht, denn er hat alles gehört und nichts verstanden. Aber er duldet es, daß der Alte inzwischen den Druck der Wade verstärkt. Goethe blickt hinaus. „Ich habe soeben geäußert“, fährt er fort, „daß ich die Frage nach dem Verhältnis des vertikalen und des spiraligen Prinzips im Bereich des menschlichen Lebens gelöst zu haben glaube. Ich scheue mich jedoch, dieser Lösung den Glauben zu schenken, den sie verdient.“
Wieder hüllt er sich in Schweigen wie in einen wärmenden Mantel. Sie fahren jetzt am Ufer der Ilm entlang. Der Kutscher befolgt die Instruktionen genau, die er ihm vor der Ausfahrt gegeben hat.
„Das freie Meer befreit den Geist“, sagt er laut und deutet zum Fluß. Dann wiederholt er noch einmal diesen Satz, meißelt ihn in den Stein der Stille. Der junge Mann blickt ihn bewundernd an. „Das freie Meer befreit den Geist? Ist das von Ihnen, Exzellenz?“
„Faust, zweiter Teil“, lautet die lakonische Antwort. Sich selbst zitieren ist in der Tat ein recht gutes Mittel gegen Depressionen. Das hat er in den letzten Jahren herausgefunden. „Warum habe ich mich mit dem Anblick dieses mageren Flüßchens begnügt“, flüstert er, nun wieder un-

hörbar für den anderen. „Warum habe ich meine eigene Erkenntnis nicht in die Tat umgesetzt und bin ans Meer gegangen, ans wirkliche Meer. Aus Feigheit? Aus Bescheidung vielleicht?"

Er versucht, sich ans wirkliche Meer zu erinnern, so wie er es an der Küste Italiens kennengelernt hat. Es hat ihm damals Angst gemacht mit seiner gnadenlosen Weite, seiner menschenfeindlichen Erhabenheit. Auch das Meer ist ein Weltall. Am Meeresufer kommt man sich unweigerlich klein und unwichtig vor wie ein Sandkorn. Da reicht es schon, in diesem verteufelten Weimar hin und wieder einen nächtlichen Sternenhimmel über sich zu haben. Und die Ilm zu betrachten mit dem Bewußtsein, daß sie wie ein endlos langer, wäßriger Faden irgendwo mit dem Ozean verknüpft ist.

Von einer plötzlichen Anwandlung des Mißvergnügens gepackt, öffnet er das kleine Fenster zum Kutschbock und befiehlt dem Kutscher zurückzufahren. Er hat das Gefühl, sich in Verhältnisse begeben zu haben, die er in jenen zurückliegenden Zeiten besser zu bewältigen vermochte, als er noch Schlittschuh lief.

„Das spiralige Prinzip obsiegt schließlich", sagt er laut. „Denn es ist der Tod selber. Die Auflösung des menschlichen Körpers in seine Bestandteile durch den Verwesungsprozeß gleicht der Verästelung des Stammes in immer feinere Zweige und Blätter, in denen schließlich die Urkraft des Wachstums und der Idee gleichermaßen zum Stillstand kommen. Ein kräftiger, kalter Windstoß noch, und es ist vorbei mit aller gewesenen Pracht."

Im Blick, den ihm der Jüngling beim Abschied schenkt, scheinen sich Bewunderung und Neugier so ausgewogen zu verbinden, daß der alte Mann sich fast zufrieden abwendet, nachdem er ihn für den nächsten Tag auf ein Uhr zu einer zweiten Kutschfahrt eingeladen hat.

Er sieht seine Nacktheit, sieht sie von außen, von weit weg, wie ein Schicksal, ja, das ist der richtige Ausdruck, endlich begreift er, was Schicksal ist, Schicksal ist nichts anderes als Verfall, Ruinen sind Schicksal, alles übrige ist Illusion.

III. Das Gartenhaus

Er sieht seine Nacktheit, sieht sie von außen, von weit weg, wie ein Schicksal, ja, das ist der richtige Ausdruck, endlich begreift er, was Schicksal ist, Schicksal ist nichts anderes als Verfall, Ruinen sind Schicksal, alles übrige ist Illusion.
Er sitzt auf dem Bettrand und starrt in den schräggestellten Spiegel. Das da also ist jener, der behauptet, seinen Namen zu tragen. Er sieht seine dürren Beine, Tapetenbeine, mit den Mustern der Krampfadern darauf, folgt mit den Augen diesem spitzwinkligen Dreieck, in dessen Scheitelpunkt sein Geschlecht liegt, eine vertrocknete Alraune im welken Laub. Er lächelt ein wenig herablassend, wie ein Botaniker, der die Sache nicht für wert erachtet, sie in die Botanisiertrommel einer Frau zu stecken. Die Eichel sieht aus wie eine Dörrpflaume, die Vorhaut wie ein eingelaufener Vorhang vor der leeren Bühne der Lust. Wie hatte er nur mit diesem Zeugungsorgan, mit dieser vermeintlichen Urpflanze der Vermehrung, einen derart mißratenen Sohn in die Welt setzen können, einen Kerl, der offenbar

wenig gelungen war, einen Schwachsinnigen, nicht im Sinne der Ärzte, sondern im Sinne der Lebenstüchtigkeit. Dieser August war wohl nichts anderes als eine zu spät verstorbene Fehlgeburt gewesen. Die Natur hatte in diesem Fall die Metamorphose von Vater zu Sohn beinahe hämisch mißlingen lassen.

Er betrachtet immer noch sein Geschlecht, fasziniert und angeekelt. Wohin sind sie, die honigartige Feuchtigkeit, die Nektarien, die feinen Häutchen der Staubbeutel? Ein jeder, der das Wachstum der Pflanzen nur einigermaßen sorgsam beobachtet, wird leicht bemerken, daß gewisse äußere Teile derselben sich manchmal verwandeln und in die Gestalt der nächstliegenden Teile bald ganz, bald mehr oder weniger übergehen. Auch sein Penis unterliegt der unregelmäßigen oder rückschreitenden Metamorphose in eine unansehnliche Ausstülpung des Schambeines, von der häufigen Feuchtigkeit dieser Körperregion eingeschrumpft, oder auch von der widernatürlichen Anastomose der männlichen und weiblichen Geschlechtsprinzipien bei der Begattung, wenn das männliche Glied dazu herabgewürdigt wird, die röhrenförmige Verbindung zwischen dem männlichen und dem weiblichen Bauchraum zu bilden. Stengel und Kelch,

welch simples Mißverständnis, nein, eine Anastomose zwischen Mann und Weib ist allenfalls eine widernatürliche Gewohnheit, die unweigerlich zu dieser Reduktion und rückschreitenden Metamorphose des Penis führen muß.
Seine Augen heben sich. Ihr Blick fällt in sich selbst zurück, in diese Spiegelaugen, die so unverschämt zurückstarren, als sei es jener dort, jenes Geisterbild seiner selbst, der die eigentliche Existenz für sich beansprucht, während er in seinem Fleisch und Blut nur das Spiegelbild ist. Haß und Spott liegen in diesem Blick und ein wenig auch tiefe Traurigkeit. War damals nicht der Entschluß, in Weimar seßhaft zu werden, ebenfalls eine rückschreitende Metamorphose gewesen? So, wie aus niederen Tieren nach einer Phase der Beweglichkeit ein festgewachsenes Tier ohne Gliedmaßen wird, ein Parasit, der nur noch einem einfachen Sack voller Eier und Samen gleicht. So weit ist es mit ihm gekommen, ja, schlimmer noch, dieser Sack, der an einem offensichtlich tristen Ort festgewachsen ist, enthält inzwischen weder Eier noch Samen, er enthält nichts anderes mehr als Erinnerungen und die leeren Rituale der Bedeutsamkeit.
Er schließt die Augen, greift sich zwischen die Beine, versucht diese Urpflanze mit ihren Staub-

gefäßen zu einem letzten Wachstum zu verleiten, doch nichts, nichts ist da als alte, vom Blut verlassene Haut.
Eisig ist nach diesem vergeblichen Masturbationsversuch das Erschrecken darüber, daß er wirklich einsam ist. Niemand ist da, niemand Wirkliches, kein Freund, keine Freundin, kein Kind, nur Lakaien, Besucher, Mitbewohner, die zu Gesicht zu bekommen er tunlichst vermeidet. Die Kälte des Nordpols hat gesiegt. Hatte er vielleicht sein ganzes Leben über durch sein Wirken nichts anderes versucht, als sich gegen diese Kälte zu schützen? Tätig sein, unentwegt, das war, wie wenn sich ein Eskimo in den Pelz eines Eisbären hüllt, um der tödlichen Kälte des Eises zu widerstehen.
Er klingelt nach dem Diener und verlangt, daß man den Ofen stärker schüre. Außerdem solle ein Bottich mit heißem Wasser und belebenden Essenzen bereitet werden.
Ohne die Hilfe eines Bediensteten in Anspruch zu nehmen, beginnt er sich eine halbe Stunde später so gründlich zu waschen wie schon lange nicht mehr. Die von der Bürste und der Hitze des Wassers gerötete Haut reibt er sorgfältig mit duftenden Salben ein. Dann tritt er vor den Spiegel. Nein, dieses Bad war kein Jungbrunnen. Wie ein

gesottener Krebs sieht er aus. Er hebt die Arme und spreizt die Finger wie Scheren. Nacktheit ist in seinem Alter allemal eine Beleidigung für den Schönheitssinn. Hautfalten, wo einst Gesäßmuskeln waren. Das Doppelkinn, in dem der Kehlkopf verschwunden ist wie in einem Sack. Der Hängebauch, der den Hoden verdeckt. Wie schal steht es angesichts dieser Fakten um die dumme Forderung der Humanisten, ein schöner Geist gehöre in einen schönen Körper! Wollte er sie erfüllen, dann hätte er in seinem Kopf sämtliche Ideale und erhabenen Gedanken mit billigen Zoten, grauenhaften Lügen und lächerlichen Vorurteilen zu vertauschen. Nein, in einem häßlichen Körper kann der Geist durchaus noch eine bescheidene Ansehnlichkeit wahren. Davon ist jedenfalls angesichts dieses Leibes auszugehen, von dem er wünschte, es sei nicht sein eigener, sondern der eines toten Bettlers in der Anatomie.

Nach der übertrieben gründlichen Morgentoilette frühstückt er am Fenster und starrt in den kalten März hinaus. Die Bäume wirken wie Ruten, mit denen man eine Welt auspeitscht für das Verbrechen, wirklich zu sein. Als der Diener meldet, daß sich Herr Eckermann in der Bibliothek für das tägliche Gespräch bereithalte,

befiehlt er, ihn schnellstens fortzuschicken. „Hinab mit dir in den Orkus der Mittelmäßigkeit", murmelt er. „Heute gibt es keine Weisheiten für dich, an denen du dich festhalten kannst."
Er seufzt und trinkt ein Gläschen Wein in kleinen Schlucken. Ach, wieviel schwerer ist es, in Würde zu leben als in Würde zu sterben! Weg mit den Schranzen! Weg mit dem Glanz, der Würde und der Unsterblichkeit! Er strafft sich, steht auf und geht unruhig hin und her. Die Zeit verstreicht langsam, als wolle sie ihm den Gefallen tun, das Ende hinauszuzögern. Es ist die Zeit bis zu ihrer Verabredung. Um ein Uhr wollen sie ausfahren. Das Mittagessen ist diesmal ausgefallen.

Der junge Mann sitzt bereits in der Kutsche, mit dem Rücken zur Fahrtrichtung. Ist es eine heimliche Liebeserklärung oder nur ein Reflex der Höflichkeit? Er steigt hinzu, in einen vornehmen Pelzmantel gehüllt, dessen Kragen sein dickliches, rundes Gesicht schmeichelhaft verschönt.
Wieder fahren sie durch die Gassen von Weimar, durch diese armselige Variante des knossischen Labyrinths. Er Minotaurus, halb Mensch, halb

Stier, der Kopf menschlich, der Leib tierisch, oder ist es in seinem Falle nicht vielmehr umgekehrt? Der Kopf ein Tier, der Leib der eines schwachen Menschen? Ja, so ist es. Wie konnte er so vergeßlich sein, die Gestalt des Minotaurus falsch herum zu bilden. Vielleicht, weil er wie ein Mensch denkt und wie ein Tier fühlt? Der andere jedenfalls gleicht ganz jenen Jünglingen, die man dem Minotauros zum Fraße vorwarf, um ihn milde zu stimmen. Er lächelt, öffnet das Kutschenfenster, streckt den Kopf hinaus in den eisigen Märzwind und ruft dem Kutscher zu: „Ins Tal hinab, die Ilm entlang und dann zum unteren Garten." So nennt er sein Gartenhaus, in dem er die glücklichsten und produktivsten Momente seines Lebens zugebracht hat. Sein heimliches Arkadien, sein Göttersitz, den mit dem großen Haus am Frauenplan zu vertauschen vielleicht sein größter Lebensfehler war.

Als sie das Haus erreicht haben, schickt er den Kutscher fort. „Hole Er uns in einer Stunde wieder ab", lautet der Befehl. Es kommt ihm vor, als halle seine Stimme wie in einem Saal von kosmischer Weite.

Sie gehen durch den Garten. Er ist in schlechtem Zustand. Dieser graue Gärtner, der Winter, hat

ihn bestellt. „Hier habe ich im August noch zahllose Malven blühen sehen." Die Malve ist seine Lieblingsblume. „Hier wachsen sowohl wilde Malven wie die lila Roßmalve als auch Zier- oder Gartenmalven. Auch Eibisch, auch der Siegmarwurz mit seinen rosenroten Blütenblättern und dem steif darin aufgerichteten Stengel. So stelle ich mir die Urpflanze vor, ein Zwitter aus Mann und Weib. Ich schätze über alles den aus der Eibischwurzel gewonnenen weißlichen Schleim als Linderungsmittel bei Katarrhen, genauso wie den Hustensaft, der aus den Blättern der Stockrose gewonnen wird. Sie sehen, mein Lieber, das Nützliche und das Schöne gehen bei den Malvaceen eine überaus gelungene Ehe ein."
Er hat sich bei seinem Begleiter untergehakt, während sie die wenigen Schritte zum ‚Stein des guten Glücks' gehen. Munter plaudert der alte Mann weiter. „Wir sprachen gestern bereits davon, über das spiralige und das vertikale Prinzip beim Pflanzenwuchs. Auf die Gefahr, daß ich mich wiederhole, sage ich erneut: beide Prinzipien können nicht allein gedacht werden. Dort, wo es zum harmonischen Ausgleich zwischen ihnen kommt, entfalten sich sowohl Schönheit als auch wahres Leben."

Er geht jetzt langsam, setzt Fuß vor Fuß, als nötige ihm die Altersgebrechlichkeit diese Gangart ab. In Wahrheit ist er Mephisto, der zu diesem Mittelchen greift, um Wagner zu verführen.
Sie stehen vor dem Glücksstein. Ein großer Steinquader, auf dem eine Steinkugel ruht. „Agathé Tyche. Fortuna. Die Göttin des Glücks und des Zufalls. Zumeist wird sie als Frau mit dem Füllhorn, dem Steuerruder und dem Rad dargestellt. Dies hier ist meine Version. Der Würfel und die Kugel, begreifen Sie? Es ist die das ganze Dasein durchdringende Dualität: das Beharrende und die Bewegung, beide müssen sie sich vereinigen. Dort, wo die Kugel den Quader berührt, entwickelt sich eine unvorstellbare Kraft der Vereinigung der Gegensätze. Was ist unser Schicksal anderes als die Wirkung, die diese Kraft erzeugt!"
Auf dem Rückweg zum Haus scheint von Goethe alle Altersgebrechlichkeit wie durch Zauber abgefallen zu sein. Er schreitet kraftvoll aus, so daß Siegmund von Arnim Mühe hat, Schritt zu halten. Dann schließt der Alte die Tür auf und sie treten ein. Feuchte, kühle Dämmerung umfängt sie. Die Läden sind geschlossen. Neben der Tür steht eine Laterne, die Goethe

Sie stehen vor dem Glücksstein. Ein großer Steinquader, auf dem eine Steinkugel ruht. „Agathé Tyche. Fortuna. Die Göttin des Glücks und des Zufalls. Zumeist wird sie als Frau mit dem Füllhorn, dem Steuerruder und dem Rad dargestellt. Dies hier ist meine Version. Der Würfel und die Kugel, begreifen Sie?“

entzündet. In ihrem Schein führt er den jungen Mann in einen Raum im Erdgeschoß. „Dies ist das Erdsälchen." Er klingt, als sei er ein Führer in seinem eigenen Museum. „Hier wurde einst viel gescherzt und getrunken." Er hebt die Laterne und beleuchtet ein großes Bild. Ein Kupferstich, der den Blick aus der Vogelperspektive auf ein Häusermeer gewährt. „Rom, die antike Stadt und hier die Stadt, wie sie heute ist." Das Lichtbündel wandert zur anderen Zimmerwand und fällt wie der Schein der aufgehenden Sonne auf einen zweiten Kupferstich. „Sie sehen, mein Lieber, der Geist dieser Stadt ist erhalten geblieben. Die ewige Stadt, zu Recht trägt sie diesen Namen."
Sie gehen weiter, die Treppe hoch ins Obergeschoß. Im Arbeitszimmer öffnet Goethe die Läden. Das trübe Märzlicht scheint sich innerhalb des Raumes in eine angenehme Goldfarbe zu wandeln. „Sehen Sie, dort steht mein Esel, den ich bei so manchem Satz geritten habe wie einst Don Quichotte seine Dulcinea." In dem Moment, wo er diesen Satz ausgesprochen hat, wird ihm sein Irrtum klar. Dulcinea ist die eingebildete Geliebte des Ritters von der traurigen Gestalt. Sein Gaul heißt Rosinante. Soll er sich verbessern, seinen Irrtum eingestehen? Sein

Blick streift den jungen Mann. Der scheint fasziniert, ja ergriffen zu sein. Respektvoll nähert er sich dem Möbelstück, das unmittelbar vor dem Schreibpult steht und wie ein schmaler, gepolsterter Sattel auf vier Beinen aussieht. „Schwingen Sie sich nur getrost auf diesen Bock und Sie werden erleben, wie sich die Glieder entspannen und der Geist wie von selbst zu galoppieren beginnt."

Von Arnim tut wie ihm geheißen. Goethe tritt neben ihn, begutachtet die Sitzposition des jungen Mannes, streift ihm über Rücken, Ober- und Unterschenkel. „Halten Sie sich weniger steif, mein Freund, wir reiten schließlich nicht in den Krieg."

Von Arnim steigt ab, und nun nimmt Goethe Platz auf dem Schreibbock. Er schnalzt mit der Zunge und deutet mit gestrecktem Arm an, daß er Zügel in der Hand hält. „Wissen Sie, was mich von meinem ehemaligen Weggenossen Schiller unterscheidet? Er hat immer zuerst gedacht und dann geschrieben. Bei mir war es allzeit umgekehrt. Ich weiß nicht, was besser ist, aber ich meine, daß man den Wörtern einen kleinen Vorsprung lassen sollte, wenn man es nicht damit übertreibt wie die Jungen heutzutage."

Von Arnim tut wie ihm geheißen. Goethe tritt neben ihn, begutachtet die Sitzposition des jungen Mannes, streift ihm über Rücken, Ober- und Unterschenkel. „Halten Sie sich weniger steif, mein Freund, wir reiten schließlich nicht in den Krieg."

Er steigt ab und geleitet seinen Gast durchs mittlere Zimmer hinüber in einen spartanisch eingerichteten Raum. Ein leichtes Klappbett darin, Holzrahmen, Eisenscharniere, Segeltuchbespannung. „Mein Schiff der Träume", sagt Goethe, „wenn ich mein Reisebett so bezeichnen darf. Es hat einiges von der Welt gesehen, aber nun liegt es hier schon lange unbenutzt vor Anker. Vielleicht sollte ich es in die Stadt schaffen, in mein Haus, um darin zu sterben. Schließlich heißt es, daß man als Sterbender seine letzte Reise antritt. Wohin wird sie führen, frage ich mich manchmal. Jedenfalls nicht in den Himmel der Theologen."
Er setzt sich auf die Matratze und lädt von Arnim ein, sich neben ihn zu begeben. „Die Alten haben den Tod durchaus als sexuelle Erfahrung angesehen. So besitze ich in meiner Sammlung eine Gemme, auf der ein Phallus unmittelbar neben einer Stele mit einer Urne darauf abgebildet ist."
Seine Rede stockt. Er weiß, daß er sich den ganzen Speckmantel seines Ruhmes angefressen hat wie ein Tier, das Sorge dafür trug, über den Winter seines Alters zu kommen. Jetzt spürt er, daß die Vorräte aufgezehrt sind. Er sitzt auf der Bettkante und friert wie nie zuvor in seinem

Leben. Doch die Nähe des jungen Mannes neben ihm wirkt auf ihn wie ein Zephir in der Polarnacht. Die Wärme dieses Blutes zieht ihn unwiderstehlich an und läßt ihn alle Rücksichten auf Sitte und Anstand vergessen. Er fühlt sich allein im Kosmos mit diesem einzigen Begleiter, allein auf dem Reisebett, das durch die Dunkelheit schwimmt wie eine schlanke Gondel.

„Würden Sie so freundlich sein, mir etwas in mein Stammbuch zu schreiben", sagt die Stimme neben ihm.

„Zieh dich aus!" Es klingt wie ein Befehl und es ist einer. Er hört sich wie aus weiter Ferne, hört seine Stimme sich an allen Dingen im Raume brechen, ein Chaos von Wellen, und mitten darin das schaukelnde Boot. Wie durch ein Wunder gehorcht der andere. Er schält sich aus seinen Kleidern. Und es kommt dem Alten vor, als ob ein Künstler mit geschickten, präzisen Meißelschlägen einen menschlichen Körper aus einem Marmorquader befreit. Die Nacktheit des jungen Mannes ist ein schönes Gewand, das ein Todgeweihter trägt, elegant und ohne eine einzige Falte. Ein glattes Trikot aus samtweichem Stoff. Er greift danach mit zitternder Hand, zieht ihn zu sich aufs Bett, vergräbt seine Hände im Fleisch des anderen. Er selber zerrt sich die Hose herunter, spürt, wie sich das Blut in seinen Lenden staut, greift sich in den Schritt. Lava wälzt sich glühend die Flanken des Berges hinab, füllt den Raum, quillt durch die Fenster, verschüttet die ganze Stadt.

Die Unendlichkeit einer kurzen Zeit später betreten beide erneut das Arbeitszimmer. Der junge Mann öffnet das Fenster und blickt in das Tal. Der alte Mann stolziert wie ein Pfau durch den Raum, schwingt sich auf den Schreibbock, findet im Pult eine Feder und Tinte, die getrocknet ist. Er spuckt mehrmals ins Tintenfaß und rührt mit der Federspitze darin herum. Dann schreibt er in das Stammbuch Siegmund von Arnims folgenden Spruch:

Ein jeder kehre vor seiner Tür
Und rein ist jedes Stadtquartier
Ein jeder übe seine Lektion
So wird es gut im Rate stohn.

Die Kutsche wartet bereits, als sie das Haus verlassen. Schweigend fahren sie in die Stadt. „Sie verlassen Weimar noch heute?" Es ist eine rhetorische Frage, das weiß auch der junge Mann. Er nickt. „Die Briefe Ihrer Mutter an mich. Sie will

Er setzt sich auf die Matratze und lädt von Arnim ein, sich neben ihn zu begeben. „Die Alten haben den Tod durchaus als sexuelle Erfahrung angesehen. So besitze ich in meiner Sammlung eine Gemme, auf der ein Phallus unmittelbar neben einer Stele mit einer Urne darauf abgebildet ist.“

sie zurück?“ Von Arnim nickt. „Ich werde meinem Nachlaßverwalter eine entsprechende Notiz zukommen lassen.“

Die Kutsche hält vor dem Gasthof zum weißen Schwan. Zum Abschied drückt Siegmund von Arnim die kalte Hand Goethes fest. „Ich werde niemals ...“. Goethe legt einen Finger an den Mund. „Reden Sie nicht weiter“, sagt er barsch.

„Würden Sie so freundlich sein, mir etwas in mein Stammbuch zu schreiben", sagt die Stimme neben ihm.

„Zieh dich aus!" Es klingt wie ein Befehl und es ist einer. Er hört sich wie aus weiter Ferne, hört seine Stimme sich an allen Dingen im Raume brechen, ein Chaos von Wellen, und mitten darin das schaukelnde Boot. Wie durch ein Wunder gehorcht der andere. Er schält sich aus seinen Kleidern. Und es kommt dem Alten vor, als ob ein Künstler mit geschickten, präzisen Meißelschlägen einen menschlichen Körper aus einem Marmorquader befreit.

IV. Das Riesenfaultier

Am folgenden Tag, dem sechzehnten März, wird der Hofmedicus Doktor Vogel bereits um acht Uhr von einem Diener in das Haus am Frauenplan geholt. Dies empfindet der Arzt als höchst ungewöhnlich, da er den Minister von Goethe in der Regel jeden Morgen um neun Uhr sowieso in dienstlichen Angelegenheiten aufzusuchen hat. Goethe liegt schlafend im Bett, die Decke bis an die Nasenspitze hochgezogen. Er hat den grünen Augenschirm auf und ähnelt mit seinen blauen Lippen einem Ertrunkenen.

Vogel läßt kaltes Wasser kommen und einen Lappen, den er darin tränkt und dem offensichtlich Geschwächten auf die Stirne legt, nachdem er den Augenschirm abgenommen hat. Goethe öffnet die Augen und schenkt dem Arzt einen matten Blick. „Geht es Ihnen nicht gut, Exzellenz?" fragt Vogel überflüssigerweise.

„Wenn man kein Recht mehr hat zu leben, so muß man sich gefallen lassen, wie man lebt", flüstert eine Stimme, die wie aus der Ferne kommt und nun in einen lang anhaltenden Hustenanfall mündet.

Vogel redet dem verstörten alten Manne mit freundlichen, beruhigenden Worten zu. Er verordnet ihm strenge Ruhe und mischt ein Gebräu aus Salmiak und Bittersalz zusammen. Der Küche befiehlt er, dem Kranken ein Graupenschleimsüppchen zu bereiten. Der alte Mann ist wie ein Kind. Er befolgt alle Vorschriften willig und genau.
Gegen Abend kommt Doktor Vogel wieder und verschreibt Goldschwefel, ein Auswurf beförderndes Mittel gegen Katarrh. Eine Weile geht es aufwärts mit dem Patienten, wenn auch seine Apathie bestehen bleibt. Der Husten wird lockerer, die Rötung der Augen läßt nach. Nur das beständige Seufzen bleibt. Wie das Ächzen eines schlecht gefetteten Mühlrades klingt es, das sich unaufhörlich in der Brust des Kranken dreht. Aber niemand erschreckt dies, denn der Geheime Rat pflegt bei jeder Krankheit fortwährend zu seufzen.
Auch den Sonntag über bleibt dieser Zustand bestehen. Das Fieber ist zurückgegangen. Sogar Kaffee gibt es zum Frühstück und leicht verdaulichen Kuchen. Goethe steht auf, wandelt schwankend durch sein Reich, an den Gestaden seines Griechenlands, den türkisblauen Zimmerfluchten der Ägäis. Odysseus auf Ithaka,

der nicht weiß, ob er aufbrechen oder zurückkehren wird. Juno schenkt er keinen Blick, dafür aber dem Torso im Büstenzimmer. Er lächelt dabei verstohlen wie ein Dieb, der seine Beute betrachtet.

Der Goldschwefel scheint Wunder zu wirken, und Goethe läßt sich mittags Würzburger Tischwein, Fisch und Braten servieren. Abends muß ihm Doktor Vogel genau Herkommen und Bereitungsart des Goldschwefels erklären. Antimonsulfur, auch Spießglanz genannt, werde mit Natronlauge und Schwefel gekocht und kristallisiere in großen, farblosen Kristallen, die mit Schwefelsäure behandelt Goldschwefel ergeben, ein geruch- und geschmackloses orangefarbenes Pulver, das nicht nur bei Pneumonie helfe, sondern auch neuerdings zur Herstellung der Köpfe von Zündhölzern diene, mit denen man höchst einfach Feuer machen kann, indem man sie über eine Reibfläche zieht. Goethe amüsiert diese Vorstellung. „Ich habe eine Reibfläche tief in meiner Brust", witzelt er und hüstelt, „es wird mir also nie an Feuer mangeln."

Auch Montag hält die Besserung an. Der Kranke läßt sich zum Frühstück ein Gläschen Madeira servieren. Er bleibt den ganzen Tag auf und beschäftigt sich mit Kupferstichen. In der Nacht

zum Dienstag kommt es zu einem Rückfall. Goethe erwacht um Mitternacht. Ihm ist eisig kalt, obwohl der Ofen fast glüht. Die Kälte steckt vor allem in seinen Fingern; sie sind Eiszapfen, die mehr und mehr nach innen wachsen, spitzen Bajonetten gleich, gegen das Herz gerichtet.
Am Morgen läßt man den Hofmedicus kommen. Er findet einen Menschen mit klappernden Zähnen vor, den Todesangst in jagender Hast hin und her treibt zwischen Bett und Lehnstuhl. Der Unterleib ist aufgetrieben, der Puls rast, die Haut ist schweißbedeckt. Am schlimmsten aber ist das hemmungslose Stöhnen des Armen, das wieder und wieder in wilde Schreie übergeht, so, als werde er einem peinlichen Verhör unterzogen, unter Anwendung der schlimmsten Folterinstrumente. Vogel verabreicht hohe Dosen Baldrianäther und Opium, woraufhin sich beim Patienten bald wieder ein apathischer Zustand einstellt.

Er liegt im grüngepolsterten Lehnstuhl, mehrere Kissen in den Rücken gestopft. Halbhoch, so daß er nicht gegen die Decke starren muß, sondern gegen die grün gestrichene Wand. Grün, seine Lieblingsfarbe. In ihr gleichen sich Positives und

Negatives aus. Die Wärme des Gelb und die Kälte des Blau mischen sich zur Einheit, ebenso Nähe und Ferne, Fülle und Leere. Gelb die Mutter, Blau der Vater, Grün der Sohn. Liebliches Meergrün, Unterwasserlicht, das Gefühl, immer tiefer zu sinken, beherrscht ihn. Das Fieber ist in Wellen aus Feuer und Frost wiedergekommen, hat ihn überflutet, ihn fortgeschwemmt wie ein Stück ausgetrocknetes Holz, den Fluß hinab, bis er im Kiesbett des Deltas liegen blieb. Später schwemmt ihn die steigende und wieder sinkende Flut ins Meer hinaus. Jemand beugt sich über ihn und tupft ihm den Schweiß von der Stirn. Er spürt es wie Schläge, so empfindlich ist die Schädeldecke. Plötzlich ganz nah das Gesicht einer Frau, wie eine fette Wolke sieht es aus. Große Regentropfen fallen heraus, Augen fallen aus ihren Höhlen und zerplatzen auf seinem Gesicht. Weint sie? Nein, das Salz entstammt seinen eigenen Tränen, seinem eigenen Schweiß, oder ist es das Salz des Meeres, in dem er treibt? „Ottilie", flüstert er, „bring mir zu trinken. Etwas Wasser, mit Wein vermischt."

Ein wenig später fühlt er sich besser. Er hat getrunken. Der Vorhang weht weiß in den Raum, eine Fahne der Niederlage, eine Parlamentärsflagge. Hat er die Schlacht schon verloren? Nein, es ist nur eine der üblichen Attacken des Katarrhalfiebers, wie sie in der Vorfrühlingszeit auftreten mochten, so, als müsse der Körper für den Frühling erst noch von den Säften des Winters gereinigt werden. Alles, alles hat seine Ordnung, auch die Krankheiten sind nichts anderes als Teile des Ganzen, sie sind die Schatten, die die Gesundheit wirft.

Er denkt an die Stadt draußen, versucht, sich die Gassen, Fassaden, die Menschen vorzustellen. Es gelingt ihm nicht. Er erlebt dies nun schon seit Jahren: die Stadt wird mehr und mehr zu einer papiernen Kulisse, wie sie sich in Kindertheatern aufstellt, wenn man die Seitenwände auseinanderklappt. Weimar, das ist sein Haus, sein Haus, das ist sein Zimmer, sein Zimmer, das ist sein Leib. Man könnte diese Reduktion auch mit dem Kosmos beginnen. Das All, die Erde, Europa, Deutschland, das Großherzogtum, seine Residenzstadt, alle stecken sie ineinander wie leere Hülsen, und nur im Innersten, in seinem Kopf irgendwo vergraben schlummert die Idee, daß alles einen Ursprung haben muß. Sind dies nicht Gedanken, die diese neumodischen Ich-Philosophen hegen? Solipsismus? Ach, es tut einfach wohl, sich das ganze Dasein als eine

gigantische Pyramide vorzustellen, die nicht etwa auf der breiten Basis ruht wie die Pyramiden der Pharaonen, sondern auf der Spitze des Subjekts balanciert.
Er lächelt zufrieden, als habe er soeben frische Erkenntnis aus einem endlos tiefen Brunnen geschöpft. Wenn da nur nicht dieses störende Hämmern wäre. Was macht dieser Mensch dort draußen schon wieder für einen unerhörten Lärm! Welche Aphrodite, welcher Apoll entsteht unter seinen geschickten Künstlerhänden? Er selbst hat heute noch nicht gearbeitet. Dabei weiß er nur zu gut, welchen Fleißes es bedarf, die immer wieder entstehenden Löcher in seiner vielgerühmten Vielseitigkeit zu stopfen. Seine Renaissancenatur, für die er von so vielen bewundert wird, ist in Wahrheit nichts anderes als ein Ablenkungsmanöver. Eine Methode, durch schnelles Laufen im Zickzack ein schlechtes Ziel abzugeben. Er dilettiert in allen möglichen Sparten menschlichen Geistes, der Sprache, der Naturwissenschaften, der Philosophie, nur um sich nicht auf die Schliche kommen zu lassen. So wie ein Hase mehrere Ausgänge gräbt aus seinem Bau, um dem Fuchs zu entkommen. Unentwegte Geschäftigkeit ist sein Lebenselixier, aber auch sein Lebensfluch. Dieses Hämmern

draußen, schnell wie sein Herzschlag. Der Stein ist hart, der Meißel verliert allzu schnell seine Schärfe. Will man den Tod besiegen, muß man entweder jung sterben wie dieser Kleist, am besten sogar von eigener Hand, um so aus dem Leben ein Originalkunstwerk zu machen, einen Torso, den die Nachwelt bestaunt, oder aber man verwandelt sich unter Mühen und Fleiß in sein eigenes Denkmal, ohne natürlich dabei zu vergessen, daß man am Ende dieser mühseligen Arbeit noch höchstselbst in diesen steinernen Koloß hineinzuschlüpfen hat, um ihm so nachträglich scheinbar Leben zu geben, damit er polternd zum letzten Gastmahl des Liebhabers gehen kann. Er ist dieser Liebhaber. Hat er es nicht vor wenigen Tagen bewiesen? Nein, Don Juan ist noch nicht überwunden, wahrlich nicht, er wird als letzter sterben.
Er starrt das weiße Fensterkreuz an, schließt die Augen, sieht die Gespenster, wie er sie nennt, die Nachbilder. Das weiße Kreuz ist schwarz geworden. Schwarz ist Ruhe, weiß ist Tätigkeit. Was versteht schon dieser Newton von Weiß. Er hält es für die Summe aller Farben, welch hanebüchener Unsinn, als ob nicht jede Farbe ein Eigenes ist, wie auch das Weiß ein Eigenes ist. Er legt den Kopf in den Nacken. Lüstern betrachtet

er den rosa Deckenhimmel über sich und stellt sich jenen nackten Jüngling vor. Ein Sternbild besonderer Art. Zu weit und zu nah zugleich, um sich daran auf dem Meer der Liebe zu orientieren. Ein ungeheurer Verdacht dämmert ihm: wie, wenn sie ihren Sohn Siegmund zu ihm geschickt hätte als seinen Todesengel? Es hat sich herumgesprochen, daß Bettine in Geldnot ist. Man munkelt davon, daß sie ihre Briefe zurückhaben will, um sie in einem Buch zu Geld zu machen. Jetzt hat er sein Einverständnis dazu gegeben. Sein Gesicht verzieht sich zu einer Fratze der Empörung. Hatte sie ihren Sohn geschickt, um ihn zu verführen, daß er sich den Tod dabei holt? Doch sie hat nicht bedacht dabei, daß dieser Tod für ihn Leben bedeutet.

Er lauscht. Im Nebenzimmer wimmert ein Säugling, so wie es Säuglinge zu tun pflegen, die zu lange die Brust der Amme entbehrt haben und denen bereits die Kraft fehlt, in schrilles Geschrei auszubrechen. Das Pingpingping des Meißels hallt durch das Weltall und hindert ihn daran, in den Jungbrunnen eines kurzen Schlafes zu steigen.

In den Stunden größerer Klarheit liegt er da wie ein erschöpfter Wanderer im Grase. Er ist ruhig. Ihn interessiert plötzlich brennend die Frage, ob der Tod ein größerer Zeichner oder ein größerer Maler ist. Ist er ein Meister der Linie? Der Umrisse? Schraffiert er am Ende alles grau oder gar schwarz? Oder übermalt er im letzten Bild das Gesehene großzügig mit breitem Pinsel, nachdem er ihn in die Erdfarben der Vergangenheit getaucht hat? Im Grunde ist Sterben das letzte und interessanteste Experiment des Naturbeobachters. Man ist sich selbst eine Phiole, die man gegen das Licht halten kann, um die Trübung ihres Inhalts zu beobachten. Sieht man im Augenblick des Sterbens sein ganzes Leben noch einmal, wie ein endloses Defilee von Gespenstern, von Geisterbildern? Tritt der Mann aus dem Spiegel heraus und tauscht den Platz mit dem Mann davor?

Goethe ist nicht allein. Alle wollen sie ihm zum Abschied noch einmal die Hand reichen. Er läßt es geduldig geschehen. Hat er nicht Zeit, viel Zeit? Eine ganze Ewigkeit davon? Er lächelt beinahe zufrieden bei dieser Vorstellung. Die Ewigkeit mag eine ziemliche Zumutung sein, wenn man sie im Himmel oder in der Hölle verbringen muß. Aber nicht, wenn sie zum endlos gedehnten Augenblick wird. Ruhe überkommt ihn. Bald aber, mit schneller werdendem Atem und dünner werdendem Puls ist da im Nebenzimmer wieder das Heulen und Greinen des Säuglings, der er selber ist, und dieses ewige, peinigende Schlagen eines Hammers auf einen stumpfen Meißel.

Trotz vorübergehender Besserung geht es sichtbar bergab mit dem Kranken. Er wird zum Bettnässer, zum Windelscheißer. Wasser quillt zwischen seinen Beinen heraus wie aus einem artesischen Brunnen. Als drücke ein Fels in ihm alle Flüssigkeit aus diesem Brunnen.
Am zweiundzwanzigsten März gegen elf Uhr morgens beginnt er wieder zu schreien. Es schallt durchs ganze Haus. Die Schreie sind seltsam, sie haben eine ganz eigene Art. Es sind leere Schreie, keine Wut ist in ihnen, keine Verzweiflung, kein Schmerz, gleichsam die Hülsen von Schreien, dünn und hoch und hohl, aber lang anhaltend, so daß sich das Personal zu fürchten beginnt und sich so weit wie möglich vom Zimmer des Kranken entfernt hält. Es sind die Schreie eines Tieres. Eines fremden, unbekannten Tieres, das vergeblich versucht, in sein ursprüngliches Lebensmilieu zurückzukehren.
Doktor Vogel vermutet immer noch eine rege geistige Aktivität des genialen Gehirns. Was er nicht ahnt, ist die Tatsache, daß in diesen Stun-

den eine große Verwandlung mit Goethe geschieht, eine wahre Metamorphose seines Ichs. Er kriecht in sich hinein wie ein sterbender Fuchs in seinen Bau. Das Draußen ist ihm längst gleichgültig, selbst wenn er bei Sinnen ist, sogar widerwärtig, so daß er in den kurzen, ruhigen Momenten bittet, ihn nicht mit Dingen zu behelligen, die außerhalb seiner selbst sind. Alles, was ihn noch interessiert, ist das, was in ihm ist, und hier beginnt er nun nachzuforschen wie ein Experte für den Bergwerksbau. Gibt es da etwas, das sich noch abzubauen lohnt? Irgendein Edelmetall? Ein Gedanke, der nicht falsch ist wie Katzengold? Er gräbt und gräbt in seinem Gedächtnis, aber alles, was er findet, lohnt den Abbau nicht. Einmal, in einem der seltener werdenden lichten Momente, begreift er, er müßte eigentlich noch einmal ganz von vorne anfangen, mit der Kindheit, dürfte nicht zurückkehren zu den bequemen Stellen, die Rockschöße der Mutter meiden, müßte die Unrast pflegen, das innere Griechenland dort suchen, wo es vielleicht immer noch auf ihn wartet.
Endlich erkennt er auch, woher dieses ewige Hämmern kommt. Jener Handwerker oder Künstler arbeitet nicht irgendwo in der Stadt, er arbeitet in ihm. Es ist sein eigenes Herz. Dort ist

seine Werkstatt, dort meißelt es unentwegt. Er schmeckt den feinen Marmorstaub auf den Lippen, es kratzt in der Brust, er hustet. Roter Marmorstaub. Die Gestalt eines traurigen Gottes, die in ihm entsteht.

Wenn Doktor Vogel den Raum betritt, erscheint er ihm jetzt als riesenhafte Fledermaus, die im Zimmer herumflattert und zuweilen kopfüber von der Decke hängt. Eckermann vervollständigt hin und wieder die Menagerie, wenn er in Gestalt von vierzig Vögeln, Kolibris, Zaunkönigen, Falken, ordinären Spatzen und gurrenden Tauben, im Raum herumschwirrt und zugleich ein riesenhaftes Eulenohr wie einen Baldachin über den Kranken hält. „Er will meine letzten Worte", denkt Goethe, „aber er wird sie nicht bekommen."

Gegen Abend dann verdunkelt sich das Fenster, nicht, weil die Nacht hereingebrochen ist, sondern weil ein sonderbares Wesen den Raum betritt. Ganz plötzlich ist es da, steht in der Tür, zwängt sich hindurch, kommt langsam näher, groß und dunkel, eine haarige Masse. Das halbe Zimmer füllt es aus, verdeckt das Fenster mit seinem schweren, unbeholfenen Leib. Schwerfällig wiegt es den plumpen Körper. Aus traurigen Augen blickt es ihn an. Leise schluchzt es

„Ai. Ai.“ Der Sterbende weiß plötzlich, daß auch er nun sein Gewicht nicht mehr tragen kann, weil es ihm am Wasser der Poesie gebricht. Für das andere Milieu, die Wissenschaft, hat es ihm schon immer an Kraft gefehlt, die Glieder zu schwach, zu kurz, zu gebrechlich. Die Wissenschaft, das ist ein fester Boden, auf dem man sich mit starken Gliedern bewegen muß, nicht mehr getragen vom flüssigen Naß der Wörter.
Er sieht nicht die anderen Personen, die bei ihm sind, der Hofmedicus, seine Schwiegertochter, der Diener Friedrich. Er sieht nur das Riesenfaultier, das immer näher kommt. Er riecht seine seltsame Ausdünstung. Nach Kot und Urin und den Verwesungsgasen der Sümpfe riecht es. Es sind angenehme Gerüche. Seine Augen sind erstaunlich klein, sein spitzes Maul bewegt die schmalen Lippen. Die langen Sichelkrallen seiner plumpen Hände greifen nach ihm, bohren sich in seine Brust, seine Augen.

*

Als man ihm die Totenmaske abnimmt, lebt er noch. Man glaubt ihn jedoch nicht mehr bei Bewußtsein. Auf diese Weise will man verhindern,

daß ein postmortales Erschlaffen der Gesichtsmuskulatur oder auch die durch die Starre bedingten Verzerrungen der Mimik des großen Mannes schaden. Sein Geist ist jedoch noch nicht völlig erloschen. Irgendwo in seinem Hirn glimmt ein Funke Begreifen, ein kaltes Licht wie das des Irrlichts am faulenden Baum.
Ein Brei aus Gips wird aufgetragen und beginnt bald auszuhärten. Er bekommt die Prozedur mit, jedoch auf eine traumartige Weise. Ihm träumt von jenem Steinbruch in Sizilien. Ein schöner Jüngling macht sich mit Hammer und Meißel daran, das Antlitz des Zeus aus dem sonnenwarmen Stein zu formen. Er lächelt, und dieses Lächeln unter dem Gipsmantel führt dazu, daß die Maske in der Mundpartie ein wenig unsauber wirkt. Der Künstler muß später die Lippen nacharbeiten.

Ein Brei aus Gips wird aufgetragen und beginnt bald auszuhärten. Er bekommt die Prozedur mit, jedoch auf eine traumartige Weise. Ihm träumt von jenem Steinbruch in Sizilien. Ein schöner Jüngling macht sich mit Hammer und Meißel daran, das Antlitz des Zeus aus dem sonnenwarmen Stein zu formen.

Nachwort

Der letzte Besucher, den Goethe ‚gastfreundlich' – so Eckermann – in seinem Hause empfängt, ist Siegmund von Arnim, der damals achtzehnjährige Sohn Bettines von Arnim. Siegmund weilt vom 10. bis 15. März 1832 in Weimar. Er ist mehrfach zum Mittagstisch bei Goethe eingeladen und macht mit ihm zum Erstaunen der Weimarer lange Kutschfahrten durch die unter der eiskalten Wetterlage eines russischen Hochs leidende Stadt und Umgebung. Die letzte Ausfahrt findet am 14. März statt. Am 16. März, einen Tag nach Siegmunds Abreise, bricht Goethes Krankheit aus: Lungenentzündung. Am 22. März mittags stirbt er nach einem schweren Todeskampf an Herzversagen.

Ich wage die These, daß sich hinter diesen nüchternen Fakten ein Drama verbirgt, das eng mit jenem letzten Besucher zusammenhängt. Der Name von Arnim hat keinen guten Klang im Hause Goethe. Bettine, Goethes einstige hermaphroditische Muse, bekommt 1811 nach einem

Krach mit Goethes eifersüchtiger Frau Christiane Hausverbot. Seit 1831 befindet sich Bettine in einer ernsten Lebenskrise. Ihr Mann Achim von Arnim ist gestorben, die finanziellen Probleme häufen sich. Sie hat nur eine einzige Trumpfkarte im Lebensärmel: ihre poetisch-intime Beziehung zum Olympier, dem sie sich 1807, neunzehn Jahre alt, in Groupiemanier an den Hals geworfen hat. Um diesen Kontakt jetzt zu Geld zu machen, trägt sie sich, unterstützt von ihrem Freund, dem Fürsten von Pückler-Muskau, mit dem Plan, jenes erotisch-idealisierte Verhältnis von einst in einem literarischen Werk zu kolportieren: „Goethes Briefwechsel mit einem Kinde". Um diesen Plan zu realisieren, muß sie unbedingt die Briefe, die sie an Goethe schrieb, zurückerhalten. Was Bettine vorhat, ist Seelenjournalismus in einer für die Zeit ungewöhnlich modernen Weise. Und es ist ein echter Bestsellerstoff, wie sich schon bald nach Erscheinen des Buches 1835 zeigen wird. Der Erfolg saniert Bettine finanziell und eröffnet ihre schriftstellerische Karriere mit einem Paukenschlag. Zahlreiche Übersetzungen, vor allem aber der Erfolg des Werkes in England, etablieren sie auch international als Schriftstellerin.

Bettine sieht sich vor diesem Befreiungsschlag mit dem Problem konfrontiert, daß sie seit über zwanzig Jahren Hausverbot am Frauenplan hat. Sie ist tabu für Goethe, und ein Ende dieser Situation ist nicht absehbar. Goethe hält sie für eine „lästige Bremse, die es versteht, wie ein Zeisig zu zwitschern". Sein Narzissmus und der Bettines sind wie Wasser und Feuer, bei deren Zusammentreffen sich bekanntlich sehr viel heißer Dampf entwickelt. Nur zu gut weiß sie: solange der Olympier lebt, wird sie ihr Buch, in dem sie Goethes Leben anekdotisieren und zugleich ihre Beziehung zu ihm überhöhen wird, um sich selber wie einen Trabanten von der Zentralsonne des Genies beleuchten zu lassen, nicht veröffentlichen können. Goethe würde niemals die Briefe herausrücken, die sie an ihn schrieb und die die Grundlage ihres Projektes bilden. Erst sein Tod würde also den Schlagbaum vor dem beabsichtigten Weg heben. Aber Goethe macht in Weimar offenbar Anstalten, auch biologisch ewig zu sein. In ihrer Not greift Bettine zum Mittel der Intrige. Sie kennt Goethes Faible für schöne Jünglinge nur zu gut. Also schickt sie ihren eigenen, höchst wohlgestalten Sohn unter dem Vorwand eines Abstechers auf dessen Bildungsreise mit dem Auftrag nach Weimar, dem

Alten den Kopf zu verdrehen. Vielleicht kann sie auf diesem Wege Goethe eine Einwilligung in ihr Projekt abnötigen. Siegmund könnte eine Art Brückenkopf innerhalb der uneinnehmbaren Festung Goethe werden. Außerdem ist sie dem idealisierten Geliebten mittels ihres Sohnes quasi auf stellvertretende fleischliche Weise nahe. Also schreibt sie einen das erotische Klima vorbereitenden Brief an Goethe und gibt ihn ihrem Sohn mit.

Siegmund trifft am 10. März 1832 in Weimar ein und erscheint im Hause Goethes am Frauenplan mit der Bitte um eine Audienz. Zur Verwunderung aller verhindert der Name von Arnim nicht, daß Siegmund vorgelassen wird. Noch verwunderlicher: die Einladungen zum Mittagessen und die sich anschließenden Ausfahrten mit Goethes Equipage. Was ist in den Alten gefahren? Warum plötzlich diese außerordentlichen Zuwendungen gegenüber einem Sprößling der Arnims?

Für mich gibt es nur eine Lösung des Rätsels: Goethe ist in eine amour fou geraten, in seine letzte Liebe, der er sogar die eigene physische Existenz zum Opfer bringt, weil er das Risiko eingeht, sich im wahrsten Sinne des Wortes auf diesen Spazierfahrten im eisigen Weimar den Tod zu holen, so, wie es dann auch geschieht.

Schon 1832, kurz nach Goethes Tod, beginnt Bettine mit dem ‚Tagebuch zu Goethes Briefwechsel mit einem Kinde', das sie dem späteren Briefwechsel beigesellt. Die Briefe selbst erhält sie nach einigem Drängen vom Nachlaßverwalter Goethes, Kanzler Müller, zurück. Sofort beginnt sie mit deren romanhafter Überarbeitung. Der Tod zweier Männer, der ihres Mannes Achim von Arnim und der ihres einstigen Gönners und imaginären Geliebten Goethe, hat also den Weg freigemacht für ihre erstaunliche schriftstellerische Karriere. Das Werkzeug, Siegmund von Arnim, verschwindet im übrigen im unbedeutenden Leben eines extrem konservativen Menschen, der später das politisch-soziale Engagement seiner Mutter aufs schärfste ablehnen wird. Die in der Novelle zitierten Stammbuchverse sind die letzte schriftliche Äußerung Goethes. Es gibt Bettine-Forscher, die in ihnen eine verborgene Kritik an Bettine lesen wollen. Ich glaube eher, daß sie der melancholisch-resignative Hausmeisterspruch eines alten Mannes sind, der bereits ahnt, daß er unmittelbar vor der Tür des Todes steht, die sich bekanntlich nicht mehr öffnen läßt, fällt sie erst hinter einem ins Schloß.

Satz, Reproarbeiten und Druck: Druckerei Carstens, Schneverdingen
Umschlag-Repro: EGLITHO, Erfurt
Einband: Buchbinderei Schirmer und Söhne, Erfurt

2. Auflage, Gifkendorf 1999
ISBN 3-926112-83-2

Die Originale der in dieser Normalausgabe reproduzierten Lithographien von Johannes Grützke werden in einer Auflage von 30 Exemplaren gedruckt und sind als Vorzugsausgabe erhältlich.